로
드

짐

일러두기

- 이 책은 Joseph Conrad, 『*Lord Jim*』(Project Gutenberg, 2006)을 참고했습니다.

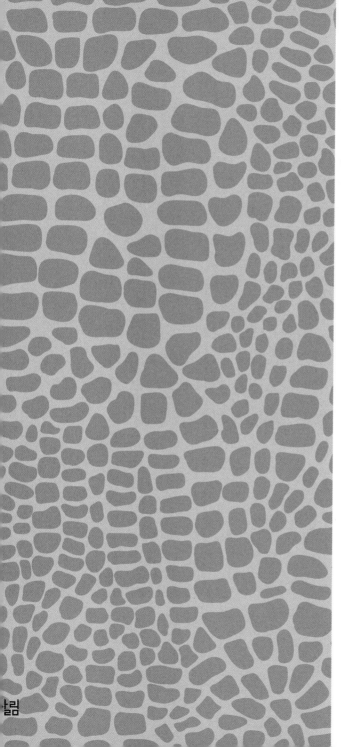

Lord Jim

로드 짐

조셉 콘래드 지음

살림

조셉 콘래드

영국의 스튜디오 사진 작가 조지 찰스 베레스포드(George Charles Beresford)가 1904년경에 찍은 사진이다. 조셉 콘래드는 20세기 현대 소설의 문을 연 작가로 평가받는다. 그의 작품들은 대개 자신의 해양생활 경험을 바탕으로 한 것들로, 그의 대표 걸작으로 꼽히는 『로드 짐』은 동남아시아 항해를 경험으로 한것이다.

조셉 콘래드 아버지, 아폴로 코르체니오프스키

조셉 콘래드는 폴란드의 베르디추프(현재는 우크라이나의 베르디치우)에서 독립투사이자 문필가(시인 · 극작가 · 번역가)인 아버지 아폴로 코르체니오프스키와 어머니 에바 보르로프스카 사이에서 외아들로 태어났다. 콘래드는 문학적 소양을 지닌 부모 덕분에 어렸을 때부터 문학작품을 많이 접했으며 특히 프랑스 문학에 흥미를 느꼈다. 당시 폴란드는 러시아의 지배하에 있었으며 그의 부모는 다른 이들과 함께 반정부 운동을 하다가 체포되어 1862년부터 유배 생활을 하게 된다. 1865년 폐결핵으로 어머니가 사망했고 1868년 아버지도 세상을 떴다.

조셉 콘래드호

철제 범선인 이 배는 1882년 코펜하겐에서 젊은 선원들을 위한 훈련선으로 진수되었다. 1934년 호주의 작가이자 선원 앤드류 빌리어스가 이 선박을 구입한 후, 그가 가장 좋아하는 작가의 이름을 따서 '조셉 콘래드호'라고 이름을 지었다. 빌리어스는 대부분 젊은이들로 구성된 선원과 함께 조셉 콘래드호를 타고 항해하여 1935년 말에 호주 해안을 방문했다. 이 배는 현재 미국 코네티컷에 있는 미스틱 시포트 박물관에 안치되어 있다.

로드 짐 **차례**

제1장

그는 180센티미터에서 2센티미터 혹은 3센티미터 정도 모자란 키에 건장한 체격이었다. 어깨를 약간 구부정하게 굽히고 얼굴을 앞으로 내민 채, 위로 치켜 뜬 눈초리로 걸어오는 그를 정면에서 바라보면 마치 돌진하는 황소 같다는 생각이 들 만했다.

그의 목소리는 깊고 우렁찼으며, 그의 태도에서는 일종의 끈질긴 고집이 엿보였지만 공격적인 면모라고는 없었다. 머리부터 발끝까지 새하얀 옷으로 차려입은 그는 흠잡을 데라곤 없이 깔끔했다. 그가 선구점(船具店) 점원 노릇을 하며 살아가고 있는 이곳 동양의 여러 항구들에서 그는 아주 평판이 좋았다.

그가 하는 일이란, 입항하는 배를 향해 쪽배를 타고 재빨리 다가가서, 다른 상점 점원들과 경쟁하며 선구점의 명함을 재빨리 내미는 일이었다. 그리고 선장이 상륙하면 배에서 먹고 마시는 온갖 물품들이 가득 쌓인 동굴 같은 상점으로 그를 안내한다. 그 상점에는 항해에 필요한 물품들은 거의 다 있으며 주인은 선장을 따뜻하게 환대하며 오랜 항해의 피로를 풀어준다.

일단 그렇게 인연을 쌓으면 그는 배가 항구에 머무는 동안 매일 그 배를 찾아가 관계를 이어간다. 그 일을 하면서 그는 선장에게 친구처럼 충실하고 아들처럼 정을 쏟고 참을성, 헌신, 유쾌함을 아낌없이 보여준다.

그런 일을 능숙하게 처리하는 점원을 찾기란 쉽지 않았다. 짐은 그 역할에 제격이었다. 짐은 늘 좋은 보수를 받았고 상점 주인들은 그의 비위를 맞추기 위해 온갖 정성을 다 쏟았다. 그럼에도 불구하고 짐은 배은망덕하게도 갑자기 일자리를 집어던지고 어디론가 떠나버리곤 했다. 그가 주인들에게 내건 이유들은 도무지 당치않은 것들이었다. 주인들은 그가 등을 돌리자마자 "꽉 막힌 바보 같으니!"라고 말했다. 그의 예민한 감수성에 대한 비판의 목소리였다.

부둣가에서 사업을 하는 백인 상점 주인들이나 선장들에게 그는 그저 '짐'으로 통했다. 물론 그에게는 분명 다른 이름이 있었지만, 그는 그 이름이 사람들 입 밖에 나올까봐 노심초사했다. 하지만 그가 숨기고 싶어 한 것은 그의 이름이 아니라, 어떤 '사실'이었다. 그가 갑자기 일자리를 버리고 어디론가 떠나곤 한 것은, 그 '사실'이 은폐의 벽을 뚫고 누설되려 할 때였다. 그 사실은 끊임없이 그의 뒤를 쫓았고, 그럴 때마다 그는 해가 뜨는 방향으로 항구들을 옮겨 다녔다. 그는 바다에서 추방된 선원이었기에, 계속 항구들만 찾아다녔다. 그 결과 그는 몇 해에 걸쳐 뭄바이, 콜카타, 양곤, 자카르타 같은 곳을 옮겨 다녔다. 결국 그는 백인들이 있는 곳을 떠나 밀림 속까지 쫓겨 갈 수밖에 없었다. 그와 함께 지내게 된 밀림 속 말레이 사람들은 짐이라는 그의 이름에 한 단어를 추가해주었다. 그것은 영어로 로드(지배자)를 뜻하는 '투안'이라는 단어였다. 그들은 그를 '투안 짐'이라고 불렀다.

원래 그는 여러 대에 걸친 목사 집안 출신이었다. 그의 부친은 오두막에 사는 사람들을 편견 없이 공정하게 대하면서도 고대광실에 사는 사람들의 마음의 평화도 지켜주는 사람이었다. 짐은 다섯 아들 중 막내였다. 짐이 한동안 로맨틱한 작품들을 탐독한 끝에 선원 생활을 직업으로 삼겠다고 선언하자, 가족들은 그를 '상선 간부 훈련선'으로 보냈다. 그는 그 훈련소에서 항해 기술을 익혔으며, 큰 선박에 부속된 커터 정(艇)을 타고 정조수(整調手) 역할을 하기도 했다.

그는 그곳에서 두 해 동안 훈련한 끝에 그가 상상력을 통해 잘 알고 있다고 생각한 바다로 나갔다. 하지만 그가 알고 있던 것과는 달리 바다에는 모험이라고는 없었다. 그는 여러 차례 항해를 했지만 하늘과 바다 사이의 삶은 단조로울 뿐이었고, 그에 대한 보답이라고는 일에 대한 철저한 사랑뿐이었다. 하지만 그는 그 보답을 찾을 수 없었다. 그렇다고 바다에서의 삶보다 그를 더 사로잡는 삶은 없었기에 돌아설 수도 없었다.

게다가 바닷사람으로서의 그의 전망은 밝았다. 그는 신사다웠고, 절도가 있었으며, 온순한 데다 자기 일에 대한 완벽한 지식도 갖추고 있었다. 그 결과 그는, 바다가 가하는 시련을 하나도 겪지 않은 채, 아직 젊은 나이에 훌륭한 배의 일등 항해사가 되었다. 바다가 가하는 시련을 겪어야 사람의 내면적 가치, 그의 숨겨진 기질이 다른 사람들뿐 아니라 자기 자신에게도 드러나는 법이다. 그러니 그는 자신의 진면목을 남들뿐 아니라 자기 자신도 모르는 상태에서 아주 중요한 직책을 맡게 된 것이었다.

그러던 그가 딱 한 번, 바다의 본격적인 분노와 마주하게 되

제1장

11

었다. 그런 사건은 단순한 자연적 재해가 아니다. 그런 자연의 분노에는 악의적 목적과 통제할 수 없는 잔인성이 들어 있다. 그것은 그의 희망과 눈물, 피로로 인한 고통, 휴식을 위한 갈망을 송두리째 앗아가려 한다. 그것은 그가 보고, 알고, 사랑하고, 즐기고, 미워했던 모든 것을 파괴하려 한다.

값을 매길 수 없을 정도로 소중하고 필요한 모든 것들, 예컨대 햇빛과 기억들과 미래를 말살하려 한다. 그의 목숨을 앗아간다는 단순하면서도 섬뜩한 그 행위로 인해, 그에게 소중했던 세계 전체를 그의 시야에서 완전히 사라지게 만들려는 것이다.

스코틀랜드 출신 선장이 훗날 "정말로, 그런 일을 겪고도 그 배가 살아남은 건 기적이야!"라고 말하던 그 참사 이후 짐은 며칠 동안을 배 안에 누워 지냈다. 그는 넘어지는 돛대에 부딪혀 심하게 부상을 입은 채, 정신이 멍한 상태에서 절망에 빠져 있었다. 하지만 직접 목격하지 않은 위험은 그다지 실감이 나지 않는 법이며, 두려움도 그림자처럼 곧 사라지기 마련이다.

짐은 선실이 어지럽게 요동치는 광경밖에는 보지 못했다. 그런 그에게 마치 그 사건은 남의 일처럼 여겨졌다. 그는 선실에 누운 채, 자기가 밖으로 나가보지 않아도 되는 것이 다행이라고 속으로 은밀히 생각하고 있었다.

배가 동양의 어느 항구에 도착했을 때도 그의 다리는 온전하지 않았다. 그는 다시 병원에 누워 있어야 했고, 회복이 더뎠기에 배는 그를 두고 떠나버렸다. 그가 누워 있는 백인 병동에는 그 외에 두 명이 더 있을 뿐이었다. 군함에서 경리 일을 하던 남자와 철로 청부업자로 일하다가 열병에 걸린 사람이었다.

지팡이 없이 걸을 수 있게 되자, 짐은 고국으로 돌아갈 기회를 얻기 위해 시내로 나갔다. 당장 선편이 없었기에 그는 같은 직업에 종사하는 사람들과 자연스럽게 어울리게 되었다. 그들은 정확히 두 무리로 나뉘었다. 그들 중 한 무리는 비록 극소수였지만 해적 기질에 몽상가의 눈을 하고 사는 사람들이었다. 그들은 에너지가 넘쳤다. 그들은 문명과 멀어진 어두운 바다에서 온갖 계획, 희망, 위험 들이 미친 듯 얽혀 있는 삶을 살고 있는 사람들이었다. 그들이 꿈꾸는 환상적인 삶에서, 그들이 이룰 수 있는 가장 합리적이고 확실한 성과는 죽음뿐이었다.

나머지 대부분은 짐처럼 사고를 당했기에 할 수 없이 그곳에 남아, 지방 선박 회사 간부 일을 하고 있는 사람들이었다. 그들은 고국 선박 회사에 근무하기를 두려워하고 있었다. 근무 조건이 더 까다로웠고, 임무도 가혹했으며, 무엇보다 폭풍우 이는 대양이 위험했기 때문이었다. 그들은 그곳에 안주하고 있었다.

그들은 영원히 평화로운 동양의 하늘과 바다에 익숙해 있었다. 그들은 짧은 항해, 안락한 갑판 의자, 원주민 승무원들, 백인으로서 누리는 특권 따위를 사랑했다. 그들은 언제고 해고될 수도 있었지만 언제고 다시 고용될 수도 있었기에 중국인이건 아랍인이건 혼혈인이건 가리지 않고 선주들을 받들었다. 자신을 편안하게만 해준다면 악마라도 섬기며 살 사람들이었다.

짐은 처음에는 그들을 경멸했다. 하지만 그들과 자주 만나 이야기를 나누고 교감을 하게 되자, 별로 위험한 일을 겪지 않고도 그렇게 안락한 생활을 하고 있는 그들에게 매혹되기 시작했다. 그러자 그는 갑자기 고국으로 돌아가겠다는 생각을 버렸다. 그리고 그곳에서 파트나호의 일등 항해사 자리를 얻었다.

파트나호는 저 강산만큼이나 오래된 현지 기선으로서, 그레이하운드 개처럼 야윈 데다 폐기된 물탱크보다도 심하게 부식된 배였다. 그 배는 중국인 소유였지만 아랍인이 세를 내서 운용하고 있었다. 선장은 자기 조국을 공공연히 비난하는 독일계 호주 사람이었다.

외부에 페인트칠을 하고 안에 회칠을 한 파트나호는 800명 정도 되는 이슬람 순례자들을 승선시켰다. 그들은 믿음과 소망을 가지고 천지 사방에서 몰려든 순례자들이었다. 그들은 거의 모두 먼지와 땀, 오물이며 누더기를 뒤집어쓰고 있었다. 힘이 센 가장을 앞세운 가족들도 있었으며, 돌아올 희망도 없는 깡마른 노인들도 있었고, 호기심에 눈을 빛내는 어린 소년, 소녀들도 있었으며, 겁에 질린 아낙네들도 있었다.

그들이 배에 올라 배 안 구석구석을 가득 채우자 그 경건한 여정의 안내자인 아랍인이 마지막으로 배에 올랐다. 하얀 가운을 입고 커다란 터번을 쓴 그가 갑판 위를 엄숙한 걸음걸이로 걷자, 한 줄로 늘어선 하인들이 짐을 들고 그 뒤를 따랐다. 이윽고 파트나호는 닻을 올리고 밧줄을 푼 다음 부두를 떠났다.

배가 어스름한 해협 사이의 고요한 바다를 항해하는 동안 고물 쪽에 서 있는 아랍인 지도자는 기도문을 외웠다. 순례선 뒤쪽 저 멀리에서는 등대가 하나 서 있어, 마치 신앙의 길로 나선 배를 조롱하듯 깜빡이고 있었다. 배에는 모두 다섯 사람의 백인이 타고 있었으며, 그들은 인간 화물들과는 격리되어 생활했다.

해협을 빠져 나온 배는 뱅골만을 가로지른 후, 북위 1도 항로를 따라 항해를 계속했다. 눈부신 햇빛에 휩싸인 채 배는 홍해를 향해 곧바로 전진하고 있었다. 푸른 바다는 잔물결 하나 없이 잔잔했다.

갑판에는 하얀 차양이 지붕처럼 덮여 있었고, 희미한 흥얼거림이나 나직한 중얼거림만이 큰불이 붙은 것 같은 대양 위에 한 무리의 사람들이 있다는 것을 알려주는 것 같았다. 그렇게 고요하고, 무덥고, 무거운 나날들이 하나씩 과거 속으로 사라졌다. 그것은 마치 배가 지나온 자국을 따라, 영원히 메워지지 않을 심연이 열리는 것만 같았다. 파트나호는 마치 하늘로부터 가차 없이 배를 향해 내던져진 불길에 그을린 듯, 드넓은 바다에서 검은 연기를 외롭게 피워 올리며 앞으로 나아가고 있었다. 밤들이 마치 축복처럼 그 배 위로 내렸다.

제2장

정적이 온 세상을 가득 채우고 있었고, 별들은 그 경건한 빛으로 이 지상에 영원한 안전을 보장해주는 듯했다. 서쪽 하늘을 비추고 있는 초승달은 얇게 깎아낸 금 조각 같았다. 마치 얼음장처럼 부드럽고 시원해 보이는 아라비아해의 완벽한 표면이 저 어두운 수평선까지 뻗어 있었다. 배의 프로펠러는 마치 이 안전한 우주의 한 부분이라도 된 듯, 거침없이 돌아가며 소리를 내고 있었다.

짐은 선교에 서서, 마치 젖을 먹이는 어머니의 얼굴에서 부드러운 사랑을 확신하듯, 침묵하는 자연의 모습을 보며 무한한 안전과 평화에 대한 크나큰 확신에 젖어 있었다. 갑판에 쳐진 차양 아래에서는 가혹할 정도로 엄격한 믿음으로 순례 길에 나선 사람들이, 백인들의 지혜와 용기에 몸을 맡긴 채, 배 구석구석에서 매트나 담요를 깔고 혹은 맨바닥에 누워 잠을 자고 있었다. 그들 사이에서는 꾸준히 낮은 신음 소리가 들렸다. 어지러운 꿈을 꾸면서 내는 소리였다. 그러는 사이 기선의 높은 선체는 범접할 수 없이 청명한 하늘 아래에서 한없이 고요한 바닷물을 가르며 나아가고 있었다.

짐은 갑판을 가로질러 걸어갔다. 광대한 정적 속에서 그의 발걸음 소리가 마치 아래를 응시하는 별들에 의해 메아리쳐진 듯, 그의 귀에 크게 울렸다. 그의 눈은 수평선 주변을 응시하며 저 아득한 곳을 탐욕스럽게 응시하는 듯했지만 다가오는 사건의 그림자는 보지 못했다. 바다 위에 그림자라고는 거대한 엔진 굴뚝에서 뿜어져 나오는 검은 연기 그림자뿐이었다. 연기의 끝은 끊임없이 공중에서 흩어지고 있었다.

두 사람의 말레이인이 말없이 거의 부동자세로 타륜 양쪽에 서서 배를 조종하고 있었다. 짐은 편안함이 넘치는 것을 느끼며, 때로는 나침반을 흘낏 바라보거나, 아득한 수평선을 둘러보거나, 관절에서 딱딱 소리가 날 때까지 온몸을 비틀며 스트레칭을 하기도 했다. 마치 그 무엇도 어쩌지 못할 것 같은 평화로운 모습에 대담해진 짐은 자신이 죽는 날까지 자신에게 무슨 일이 벌어져도 상관없을 것 같다는 느낌이 들었다. 짐은 '어쩌면 배가 이렇게 꾸준히 나아갈 수 있을까?'라고 놀랍게 생각했으며, 바다와 하늘의 드높은 평화에 대해 감사 같은 것을 느꼈다.

이윽고 당직 근무 시간이 끝날 때가 되었고, 독일 출신 선장이 갑판으로 올라왔다. 그는 파자마 차림이었고, 잠이 덜 깬 왼쪽 눈을 반쯤 감은 채 해도를 응시했다. 이제 황금 조각 같은 달이 어두운 수면 아래로 사라졌고, 사방이 더 어두워지자 저 하늘 너머의 영원이 한층 이쪽 가까이 다가온 것 같았다. 배가 너무나 매끄럽게 항해하고 있었기 때문에 그 전진 운동을 인간의 감각으로는 느낄 수 없을 지경이었다. 배는 마치, 앞으로 오게 될 창조의 숨결을 기다리며, 섬뜩하게 고요한 적막 속에서 저 천체 너머 대기 밖 어두운 공간을 가로지르는 유성 같았다.

그때였다. "저 아래쪽 기관실은 정말 너무 덥단 말이야"라는 누군가의 목소리가 들렸다.

짐은 고개를 돌리지 않고 미소만 지었다. 그와 등을 지고 있던 선장도 꼼짝하지 않았다. 그는 단지 부루퉁한 목소리로 뭔가 투덜거렸을 뿐이었다. 이등 기관사가 사다리 꼭대기에 머리를 드러내고 더러운 땀수건을 손바닥으로 주물럭거리며 계속 불평했다. 갑판에서 빈둥대는 선원들이 도대체 배에 왜 필요한지 모르겠다, 가엾은 기관사들은 배를 움직이는 중요한 일을 맡고 있으니 나머지 선원들이 모든 일을 다 알아서 해야 할 것이 아니냐는 것이었다. 선장이 닥치라고 고함을 질렀지만 그는 계속 불평을 해댔다. 더운 것도 더운 것이지만 배 밑바닥에서 소음을 들으며 지내니 귀가 멀 지경이다, 무엇 때문에 하느님이 주신 귀한 목숨을 걸고 저런 곳에서 일을 해야 하는지 말로 표현할 수도 없을 지경이라고 했다.

그가 불평을 계속 늘어놓자 선장이 성난 목소리로 물었다.

"도대체 술이 어디서 난 거야!"

"술이라뇨? 선장님이 주신 건 아니지요. 어휴, 말도 안 돼. 저렇게 인색한 양반이! 누가 죽어가도 슈납스 한 방울 내놓을 양반이 아니지요. 그런 걸 당신 독일 사람들은 절약이라고 한다지요. 한 푼 아끼려다 금덩이 잃어버리는 바보 같은 짓이지."

그에게 술을 준 사람은 기관장이었다. 선장은 기관장과 오랫동안 절친하게 지내던 사이로서, 변발을 한 중국인 선주 밑에서 함께 일하고 있었다. 사람들은 둘이 '우리가 생각해 낼 수 있는 온갖 수단'을 다 동원해서 공금횡령을 함께 저질렀다고 쑥덕거렸다. 겉보기에 두 사람은 영 어울릴 것 같지 않았다. 선장은 흐리멍덩한 눈에 좀 사악해 보였고, 게다가 살찐 몸을 하고 있었다. 하지만 기관장은 깡마른 체격에 뺨도 홀쭉했고, 관자놀이도 쑥 들어가 있었다.

그는 동양 어딘가에 그냥 주저앉은 사람이었다. 하지만 그곳이 광둥인지, 상하이인지, 요코하마인지는 불분명했다. 그는 20년 전, 혹은 그 이전에, 젊은 목숨을 어여삐 여긴 선원들에 의해서 배에서 쫓겨나고 말았다. 하지만 그 불행한 사건에 대해 그가 조금도 기억의 흔적을 갖고 있지 않다는 것이 그에게는 더 나쁜 일일 수도 있었다.

그러던 중 증기 기관 항해가 이곳 지역까지 확대되었고, 당시 그 기술을 가진 사람이 귀했기에 그는 그럭저럭 기관사 일을 할 수 있었다. 그가 움직일 때면 마치 해골이 옷을 걸치고 흐느적거리는 것 같았다. 그는 자기가 저장해 둔 술을 헤프게 남에게 나눠줄 사람이 아니었다. 그런데 그날 저녁에 그는 자신의 원칙에서 벗어났고, 뜻밖의 대접에 감격한 데다 술에 취한 워핑 출신의 멍청한 이등 기관사는 기분이 좋아 말이 많아졌던 것이다.

선장의 분노는 극에 달했다. 그는 배기 파이프처럼 파이프를 뻑뻑 빨고 있었고, 짐은 그런 광경에 별로 흥미가 없어 아래로 내려갈 시간만 초조하게 기다리고 있었다. 짐에게는 10분밖에 남지 않은 당직 근무 시간이 이루 말할 수 없이 지루하기만 했다. 하지만 그가 그들을 혐오하는 것은 아니었다. 단지 그는 그들과 달랐다. 그는 그들과 어깨를 비비며 살고 있었지만 그들이 그를 건드릴 수는 없었다. 삶은 쉬웠고, 그는 자신에 차 있었다. 너무나 지나칠 정도로……. 그가 명상에 잠겨 있었는지, 아니면 졸고 있었는지, 그 경계는 거미줄보다도 더 가늘고 희미했다.

선장이 분노를 참으며 가만히 있자 이등 기관사는 더 기고만장해졌다.

"내가 취했다고요? 아닙니다, 절대로 아니지요. 누가 내게 취할 만큼의 술을 줍니까? 기관장님이 그럴 리 없다는 것 잘 아시지요? 젠장, 나는 두려울 게 없는 사람이에요. 목숨까지도 두려워하지 않는 우리 같은 사람이 있는 걸, 선장님은 다행으로 알아야 할걸요. 우리 같은 사람이 없었다면 선장님은 어떻게 됐을까요? 선장님이랑, 이 갈색 종이 같은 철판으로 된 낡은 배 말입니다. 선장님께야 다 좋은 일이겠지요. 이 배에서 많은 돈을 벌 수 있으니까요. 그런데 나는 뭡니까? 쥐꼬리만한 봉급이나 받으면서 개인 장비까지 내 돈으로 사야 하니. 당장이라도 그만두고 싶지요. 제길, 언제 꼬꾸라질지도 모르는 배!

내가 겁이 없는 사람이길 망정이지!"

그는 잡고 있던 난간을 놓더니, 자기 용기를 과시하려는 듯 여러 과장된 몸짓을 해 보였다. 그리고 갑판 위에서 살금살금 앞뒤로 왔다 갔다 했다. 그러던 그가 마치 몽둥이로 뒤통수라도 맞은 것처럼 갑자기 고개를 숙이더니 앞으로 고꾸라지며 "제길!"이라고 외쳤다. 짐과 선장도 마치 동작을 맞춘 듯이 함께 비틀거렸다. 그들은 몸을 가눈 후 아무 동요도 없는 바다를 가만히 응시했다. 그런 후 그들은 고개를 들어 하늘의 별들을 바라보았다.

무슨 일이 일어난 것일까? 엔진은 계속 힘겹게 쿵쿵 소리를 내고 있었다. 갑자기 지구가 운행 중에 제동이라도 걸린 걸까? 그들은 영문을 알 수 없었다. 그리고 갑자기, 저 조용한 바다와 구름 한 점 없는 하늘, 여전히 미동도 하지 않고 있는 바다와 하늘이 엄청나게 불안정한 것처럼 보였다. 마치 앞에서 입을 벌리고 있는 파멸의 벼랑 끝에서 겨우 균형을 잡고 있는 것만 같았다.

기관사가 몸을 일으켰지만 다시 나자빠지며, "도대체 무슨 일이야?"라고 툴툴거렸다. 아주 먼 곳에서 울리듯 아주 희미한 천둥소리가 났다. 하지만 그것은 소리라기보다는 진동에 가까

윘다. 그 소리, 혹은 진동은 천천히 지나갔고 그 천둥이 마치 물 속 깊은 곳에서 울린 것처럼 배가 그에 반응해서 떨렸다.

타륜을 잡고 있던 두 명의 말레이인들이 고개를 돌려 백인들을 바라보았다. 하지만 그들은 타륜의 손잡이를 놓지 않고 있었다. 운항 중이던 선체는 갑자기 유연해진 것처럼 배 전체가 차례차례 위로 몇 인치 씩 솟구쳤다가 다시 제자리를 잡았다. 그러고는 다시 잔잔한 바다 표면을 가르며 앞으로 나아갔다. 배의 진동도 멈췄고, 희미한 천둥소리도 들리지 않았다. 마치 배가 떨리는 물과 웅성거리는 공기로 이루어진 좁은 수로를 지나온 것만 같았다.

제3장

한 달쯤 뒤, 날카로운 심문에 대해 그날 있었던 일을 정직하게 진술하면서 짐은 배에 대해 이렇게 말했다.

"뭔지 모르겠지만 배는 마치 뱀이 막대기를 기어 넘듯, 그것을 쉽게 타넘었습니다."

공식 조사는 동양 어느 항구의 법정에서 행해지고 있었다. 그는 마치 타오르는 듯 뺨을 붉게 물들인 채, 높고 큰 방의 증인석에 서 있었다. 야자 나뭇잎으로 만든 커다란 풍카 부채가 머리 위 높은 천장 위에서 천천히 앞뒤로 움직이고 있었고, 아래 방청석의 많은 눈들이 그를 바라보고 있었다.

붉은 얼굴의 두 명의 해상 사건 배심 재판관들 한가운데, 면도를 깨끗이 한 재판장이 감정이라고는 전혀 드러나 있지 않은 얼굴로 그를 바라보고 있었다.

그들은 사실을 원했다. 오로지 사실만을! 그들은 마치 사실이 모든 것을 설명해줄 수 있다는 듯, 그에게 사실을 요구했다.

왼쪽에 앉은 재판관이 그에게 물었다.

"배가 말하자면 난파선 같은 뭔가 떠다니는 물체와 충돌했다고 결론이 났을 때, 증인은 선장으로부터 앞으로 가서 배가 피해를 입은 것은 없는지 조사해보라는 명령을 받았습니까?"

그가 질문하는 동안 나머지 재판관은 경멸의 눈초리로 짐을 바라보며 무거운 몸을 뒤로 젖힌 채, 손가락 끝으로 압지를 톡톡 건드리고 있었고 재판장은 널찍한 의자에 앉아 머리를 한쪽 어깨로 살짝 기울인 채 팔짱을 끼고 있었다.

짐이 대답했다.

"그렇지 않습니다. 선장은 승객들이 공황 상태에 빠질 수도 있으니 아무도 부르지 말고 소동도 일으키지 말라고 말했습니다. 저는 일리가 있다고 생각했습니다. 저는 램프를 들고 앞으로 가보았습니다. 이물의 해치를 열자 그곳에서 물이 출렁이는 소리가 들렸습니다. 램프를 밑으로 내려 들여다보니, 이물의 선창에는 이미 물이 반 이상 차 있었습니다. 배의 아래쪽에 커다란 구멍이 난 게 틀림없다고 생각했습니다."

그러자 옆에 앉은 재판관이 여전히 압지를 두드리며 한 마디 했다.

"그렇군."

짐은 이야기를 이어나갔다.

"당시 저는 약간 놀라기만 했을 뿐 위험에 대해서는 생각하지 않았습니다. 모든 일이 너무 조용히, 그리고 너무 갑자기 벌어졌기 때문입니다."

이어서 그는 아주 천천히, 그리고 생생하게 당시 벌어진 일들에 대해 이야기했다. 사실을 원하는 재판관들에게 보다 생생한 정보를 제공하기 위해서라면, 당시 선장과 기관장의 숨소리라도 재현해낼 수 있을 것 같았다. 결코 평범한 사건이 아니었으며 그 사건과 관련된 모든 것들이 매우 중요했다. 다행히 그는 그 모든 것들을 기억하고 있었다.

"선장은 선교에서 이리저리 바삐 움직이고 있었습니다. 그는 매우 침착해 보였지만, 몇 차례 넘어지기도 했습니다. 그는 저와 부딪히기도 했는데 그때 그가 입으로 내뱉은 몇 마디 말들을 알아들을 수 있었습니다. '망할 놈의 증기'니 '저주 받을 증기'니 하는 증기에 관련되는 말들이었습니다. 제 생각으로는……."

그는 관계없는 이야기를 하고 있었다. 요점만 말하라는 요구에 그는 말을 중단했다. 그는 고통스러웠고 무엇보다 지쳐 있었다. 그는 실상 사실로 접근해 가고 있었다. 하지만 그는 저지를 받았고, 이제부터는 재판관들의 물음에 '예'와 '아니오'로만 대답해야 했다.

　　그는 대답을 하면서 틈틈이 방청석을 두리번거렸다. 누구를 찾기 위한 동작이 아니라 무심코 한 행동이었다. 그러던 짐의 눈이 다른 사람들과 떨어져 앉아 있는 한 백인에게서 멈추었다. 지쳐 보이는 데다 어두운 얼굴이었지만, 맑고 조용한 눈만은 관심을 띤 채, 앞을 똑바로 주시하고 있었다.

　　짐은 또 다른 질문에 대답을 했다. 속으로는 '그래서 어쨌단 말입니까! 그게 무슨 소용이 있어요?'라고 소리 지르고 싶은 것을 간신히 참았다. 그는 발로 가볍게 바닥을 탁탁 치며 다시 주변을 둘러보고 입술을 깨물었다. 그의 눈이 그 백인과 마주쳤다. 다른 사람들 눈처럼 사건에 매혹된 눈이 아니었다. 어떤 지적인 의지를 보여주는 눈이었다. 짐은 한 질문에서 다른 질문으로 넘어가는 사이, 자신의 처지를 잊고 잠시 생각에 잠겼다. 그는 생각했다. '저 사람은 마치 내 어깨 너머로 무슨 물건이나 사람을 넘겨보듯이 나를 바라보고 있구나. 전에 어디선가 마주친 적이 있는 사람 같아. 아마도 길거리에서였겠지. 하지만 저 사람과 말을 나눈 적이 없는 건 분명해.'

그는 재판관들의 질문, 목적이야 분명히 있겠지만 별로 중요하다고 할 수 없는 질문에 응답을 하면서, 앞으로 살아가는 동안 자기 생각을 분명히 말할 기회가 다시 오게 되지는 않으리라는 생각을 했다. 그의 목소리가 점차 절망적이 되었던 것은 그 때문이었다. 짐은 사내를 바라보다가 마치 마지막 이별이라도 하듯 결연히 고개를 돌렸다.

하지만 말로는—그것이 그 사내의 이름이었다—훗날, 이 세상 여러 곳에서 짐을 기억하려는 의지를 내보였다. 그를 길게, 상세히, 마치 귀에 들리듯 기억하려는 그런 의지였다. 훗날 말로가 짐의 이야기를 할 때면 생각에 잠긴 그의 두 눈에서 진홍빛의 섬광이 번뜩이기도 했다. 짐에 대한 이야기를 하면서 그는 편안히 몸을 뻗은 채 꼼짝도 하지 않았는데, 마치 그의 정령이 흘러간 시간 속으로 날갯짓해 들어간 다음, 그의 입을 빌려서 과거로부터 말을 하고 있는 것 같았다.

제4장

"그럼, 나도 그 심문을 방청했었지." 그가 말하곤 했다.

"내가 무엇 때문에 거기 갔었는지 아직까지도 잘 모르겠어. 아마 악마가 실제로 존재하는지도 몰라. 악마가 나를 그 일에 끌어들였다고 볼 수밖에 없거든. 무슨 소리냐고? 누런 개 한 마리 이야기야. 글쎄, 그런 더러운 개 한 마리를 법정 베란다에 내버려둘 거라고 누가 상상이나 할 수 있겠나? 그 개 때문에 끔찍한 이야기의 내막을 듣게 된 거야. 아무리 봐도 악마 짓이라고 볼 수밖에 없어. 이봐, 찰리, 자네가 낸 만찬 아주 기가 막혔어. 다들 포만감에 만사 귀찮다는 얼굴로 나, 말로에게 이야기나 시켜보자는 얼굴이로군.

이야기하라고? 좋아, 하지. 짐 도련님에 대해 이야기하는 건 아주 쉬운 일이니까. 맛있는 음식도 잘 먹었겠다, 해발 60미터나 되는 곳에서 별빛을 받으며 상쾌한 공기를 맛보고 있는 축복받은 저녁이겠다, 맛 좋은 시가가 한 박스나 준비되어 있겠다, 못할 게 없지.

그 법정에서 나는 그와 처음으로 눈이 마주쳤어. 어떤 식으로건 바다와 관련되어 있는 사람들은 거의 모두 거기 나와 있었다는 것을 알아야 해. 우리가 아덴에서 날아온 그 수수께끼 같은 전보를 받고 그 사건에 대해 낄낄거리며 수다를 떤 이후, 그 사건은 여러 날 동안 악명을 떨치고 있었거든. 내가 왜 수수께끼 같은 전보라고 하는지 궁금하지? 사실 그 사건은 더 없이 명백하고 추한 '사실'일 뿐이야. 하지만 어떤 의미에서는 불가사의한 면이 많아.

바닷가에서는 온통 그 사건 이야기뿐이었지. 누구를 만나더라도 우선 그 이야기부터 꺼냈어. 모두 나름대로 자기 견해들을 내세우느라 정신들이 없었지. 그 배에 타고 있던 자들에 대해서는 분개하는 자들도 있었고, 이런저런 농담을 하는 자들도 있었지. 그리고 그들이 어떻게 되었을까 하는 문제를 두고 끝없는 토론이 벌어지기도 했어. 그런 식으로 두 주일이 흘렀어.

그러던 어느 날 아침이었어. 내가 항만 사무소 계단 옆 그늘에 서 있는데 네 명의 사내가 부두를 따라 내가 있는 쪽으로 걸어오는 게 보였어. 처음에는 누군지 알아보지 못했는데, 순간 나는 '바로 그들이다!'라고 속으로 소리쳤지.

그래, 그들이 거기 있었던 거야. 세 명은 보통 체격이었지만 그중 한 명은 허리둘레가 장난이 아니게 굵더군. 그들은 '데일라인호'에서 아침을 잘 얻어먹고 막 배에서 내린 참이었어. '데일라인호'는 일출 한 시간 정도 지난 다음에 입항해서, 출항을 기다리고 있는 중이었지. 나는 파트나호 선장의 그 뚱뚱한 몸을 단번에 알아보았어. 지구를 한 바퀴 다 돌아보아도 열대지방에서 그보다 더 뚱뚱한 사람은 만날 수 없을 테니까. 게다가 아홉 달 전쯤인가 그를 사마랑에서 만난 적도 있었거든. 그가 걷는 모습은 마치 뒷발로만 걷는 훈련받은 코끼리 같았지.

그는 나머지 세 명을 내버려둔 채 혼자 위층 항만 사무실로 올라갔어. 그는 우선 수석 선원 감독관인 아치 루즈벨에게 보고를 했던 모양이야. 아치 루즈벨은 '이게 바로 파트나호와 관련된 이야기구나' 하는 생각에 아주 불편해졌지. 파트나호 선장이 이런저런 이야기를 늘어놓고 있는데 루즈벨이 그에게 소리쳤어. 이건 다 나중에 루즈벨에게 직접 들은 이야기야.

'그만해요. 그건 내가 들을 이야기가 아니에요. 소장님께 직

접 이야기하세요. 당신이 만나야 할 분은 바로 엘리엇 선장님 이에요.'

그러면서 그는 파트나호의 선장의 등을 소장실 쪽으로 떠다 밀더니 노크도 하지 않고 소장실의 문을 열어젖혔어. 그러고는 큰 소리로 외쳤지.

'파트나호의 선장입니다, 소장님.'

아치 루즈벨은 내게 마치 굶주린 사자에게 사람 한 명을 던져준 기분이라고 하더군. 그는 파트나호의 선장을 방 안으로 밀어 넣고는 문을 쿵 닫고 자기 책상으로 도망쳤어. 소동이 대단했던 건 분명해. 아래층에 있던 나도 들을 수 있었으니까.

어쨌든 엘리엇 노인장은 상대를 가리지 않고 호통을 치는 분으로 유명하지. 기분이라도 안 좋은 날이면 누구라도 꼭 잡아먹을 기세라서, 직원들은 벌벌 떨며 무서워했지. 하지만 그날, 어르신께서는 그 배신자를 아침 식사로 삼지는 않으신 모양이야. 그냥 잘근잘근 씹다가 말하자면, 그냥 뱉어낸 거지.

얼마 후 그 무지막지하게 큰 덩치가 허겁지겁 계단을 내려와 바로 내 옆에 서 있었어. 뭔가 생각에 잠겨 있는 것 같더군. 그의 진홍빛 뺨이 떨리고 있었지. 엄지손톱을 물어뜯으며 화난 곁눈질로 나를 바라보더군. 그와 함께 배에서 내린 다른 세 놈은 조금 떨어진 곳에서 함께 기다리고 있었어. 몸집이 작은 한 녀석은 누렇게 뜬 야비한 얼굴에, 팔에 붕대가 감겨 있었고, 푸른색 플란넬 코트를 입은 키 큰 녀석은 나무토막처럼 마른 몸이었는데, 잿빛 콧수염을 늘어뜨린 채 으스대듯이 주위를 두리번거리고 있었어. 세 번째 친구는 어깨가 넓은 꼿꼿한 젊은이였어. 그는 열심히 이야기를 나누고 있는 두 명을 등진 채, 두 손을 주머니에 찔러 넣고 인적이 없는 산책로 너머를 바라보고 있었지.

내가 짐을 본 것은 그때가 처음이었어. 그는 오로지 젊은이만이 보여줄 수 있는 심드렁하면서도 접근하기 어려운 그런 표정을 짓고 있었지. 멀쩡한 사지, 깨끗한 얼굴에, 꼿꼿하게 서 있는 모습은 이 세상 그 누구보다 장래성이 보장된 젊은이 모습이었어. 하지만 나는 그의 얼굴을 보고 화가 났지. 그가 그렇게 멀쩡한 표정을 짓고 있을 일이 아니었거든. 그가 그렇게 편안한 얼굴로 서 있는 걸 보고 나는 속으로 생각했지. '저 친구, 바보인가? 아니면 무감각한 건가?' 마치 휘파람이라도 곧 불어 젖힐 것 같은 모습이었다니까.

내가 그들을 바라보고 있는데 파트나호 선장이 갑자기 내게 말을 걸었어.

'저 위의 미친 늙은 악당이 나를 개라고 불렀소.'

그가 나를 알아보았는지 어쨌는지는 잘 모르겠어. 아마 알아 보았겠지. 나는 속으로 소장이 참으로 부드러운 표현을 썼다고 생각하며 미소를 지었지.

뭐라도 한 마디 해야 할 것 같아서 내가 말했어.

'그분이 그랬어요?'

그는 엄지손가락을 물어뜯으며 뭐라고 욕설을 내뱉더니 말 하더군.

'당신네 영국인들은 모두 악당이야. 젠장! 태평양은 넓어. 당 신네 영국인들이 푸대접해도 나를 받아줄 곳은 많다 이 말씀이 야. 도대체 당신네가 뭔데 내게 고함을 지르는 거야? 그 늙은 악당이 무슨 권리로 내게 야단을 치는 거야? 내가 당신네 나 라에서 태어나지 않았다 이거지? 그깟 자격증 필요 없어. 나는 미국 시민이 될 거야!'

그가 화를 내며 발을 동동 구르는 동안 나는 그 젊은이를 계 속 주시하고 있었어. 다시 말하지만 그는 마치 함께 산책이라 도 나갈 친구를 기다리는 표정이었고 태도였어. 쳐다보기 거북 했지만 어쨌든 그의 외모가 마음에 들었던 거야. 나는 그런 외 모를 잘 알아. 그는 분명 출신이 좋아. 그는 우리들 중 한 명이라고 할 수 있어. 그는 거기 그렇게 서서, 자기와 태생이 비슷한 사람들을 대표하고 있었던 거야. 결코 영리하거나 재미있지는 않지만 정직한 믿음과 본능적인 용기를 지닌 선남선녀들을 대표하고 있었지. 내가 말하는 용기란 군인의 용기, 시민으로서의 용기라든지, 혹은 다른 어떤 특별한 용기를 뜻하는 게 아니야. 그저 유혹과 정면으로 맞설 수 있는 용기, 허식이 없는 그런 마음의 태도를 뜻하는 거야. 우리가 살아가면서 옆에서 지나가는 걸 보면 기분이 좋아지는 그런 사람들, 무슨 변덕이나 변태로 갑자기 혼란을 겪는 일이 없는 그런 사람을 말하는 거야. 하지만 그는 거기 그냥 나 몰라라 하는 태도로 서 있었어. 나는 그 사실을 믿을 수 없었지. 나는 그가 선원으로서의 명예를 걸고 몸부림치는 모습이 보고 싶었던 거야.

　자기 배의 선장 모습을 보자, 두 명의 못난 놈들이 우리들 있는 곳으로 천천히 걸어오더군. 그중 한 명은 팔에 골절상을 입은 것 같았어. 다른 한 명은 기관장이었는데, 여러모로 평판이 나쁜 친구였어. 하지만 선장은 기다리지 않았어. 그는 미리 마차를 대기시켜 놓았던 거야. 그리고 어디서 그런 힘이 났는지, 그 육중한 몸을 억지로 마차 안으로 우겨 넣더군. 그리고 마부에게 왜 빨리 출발하지 않느냐고 호통을 쳤어. 어디로 가자는 것이었을까? 아피아로? 호놀룰루로? 어쨌든 6,000마일이 넘는 열대지방에, 그가 즐겁게 지낼 곳은 어디에고 있었겠지. 태평양은 참으로 넓은 곳이거든. 마차는 덜컹거리며 떠나갔고, 마치 영원 속으로 그를 데려간 듯 나는 이후로 그를 다시 보지 못했어. 팔에 붕대를 감고 있던 키 작은 녀석이 '선장님, 선장님!' 하며 마차를 따라가더니 포기했지.

이 모든 일이 내가 이야기하는 데 걸린 시간보다 짧은 순간에 벌어진 일이었어. 그때 항만 사무실에서 누군가가 내려왔어. 아치 루즈벨이 선장을 만나보라고 보낸 혼혈인 서기였어. 하지만 그의 임무가 실패로 돌아간 것을 알자, 그는 붕대를 감고 있는 녀석에게 다가가 뭐라고 말을 했어. 그러자 둘 사이에 격렬한 말싸움이 벌어지더군. 붕대를 감은 녀석이 '젠장, 나는 안 돼!'라고 소리치더군. 그러면서 붕대 감은 팔을 보여주며, 자기가 가야 할 곳은 심문대가 아니라, 병원이라고 큰 소리로 말했어. 나는 별로 호기심이 일지 않아, 곧바로 그 자리를 떠났어."

"얼마 후 나는 병원에 갈 일이 있었어. 내가 알고 있던 사람이 입원해 있었고, 그가 어떤지 병문안을 갔던 거야. 바로 사건에 대한 조사가 시작되기 전날이었지. 그런데 백인 병동에서 그 키 작은 녀석을 보게 된 거야. 녀석은 팔에 부목을 댄 채, 병상에 누워 뒹굴뒹굴 하고 있더군. 놀랍게도 키 큰 기관장도 병상에 누워 있었어.

그의 겉모습이 너무 침착해 보였기에 혹시 파트나호에 대해 무언가 그의 설명을 들을 수도 있겠다고 생각하고 나는 그가 누워 있는 병상으로 다가갔어. 나는 그를 놀라게 하고 싶지 않아 사건과 무관한 말을 한두 마디 정답게 던졌어. 그가 나른한 어조로 응답하자, 나는 느닷없이 내 말 속에 '파트나'라는 단어를 끼워 넣었어. 이상하게 생각할지 모르지만 나는 그 젊은 녀석을 위해, 변명의 여지를 조금이라도 찾아보고 싶었던 거야. 자네들은 그걸 건강하지 못한 호기심이라고 말할지도 모르겠군. 하지만 나는 그 무언가 감추어져 있는 원인, 그의 명예를 회복시켜줄 원인을 찾고 싶었어. 어떤 자비로운 해명이랄까, 희미하나마 확실한 변명거리를 찾고 싶었던 거지. 내가 불가능한 것을 바랐다는 것을 지금은 인정하고 있어. 지금 생각하면 바보 같은 짓이었지.

그는 몇 번이나 파트나호 말이냐고 되묻더니, 잠시 기억을 더듬으며 말하더군.

'그래요. 나는 그 배가 침몰하는 걸 보았어요.'

그런 바보 같은 거짓말에 화를 내려던 참인데, 그가 거리낌 없이 덧붙이더군.

'그 배에는 파충류가 가득 실려 있었지요.'

그 말을 듣고 나는 멈칫했어. 무슨 뜻이었을까? 그의 유리알 같은 눈 뒤에 불안한 공포의 유령이 가만히 서서 나를 빤히 바라보고 있는 것 같았어.

'야간 당직 시간에 나를 잠자리에서 불러내더니, 배가 가라앉는 걸 보게 했어요.'

갑자기 그의 목소리가 커지더니 병동 안에 우렁차게 울리기 시작했어. 나는 내가 어리석은 짓을 했다고 후회가 되더군. 병동에 간호사는 없었고, 저쪽 멀리 떨어진 침대에는 이마에 하얀 붕대를 감은 환자 한 명이 앉아 있었어.

기관장이 갑자기 내게 흥미를 느낀 듯, 내 어깨를 움켜쥐고 말하더군.

'내 눈만은 충분히 쓸 만했어요. 나는 시력이 좋기로 유명했으니까요. 그래서 나를 불러낸 거죠. 그 누구도 그 배가 가라앉는 것을 재빨리 볼 수 없었던 거예요. 하지만 그들도 보기는 했죠. 그래서 모두 이렇게 고함을 쳤지요.'

그는 늑대가 울부짖는 것 같은 소리를 질렀고, 그 소리는 마치 내 영혼 구석구석을 뒤지고 있는 것 같았어. 그러자 저쪽에 있던 환자가 '제발 그 사람 입 좀 닥치게 해주세요!'라고 소리치더군.

하지만 그는 계속 고함치듯 말했어.

'이 페르시아만에서 나처럼 눈이 좋은 사람은 없어요. 분홍 두꺼비 같은 인간들! 그래요. 그 배에는 그런 두꺼비 같은 인간들이 그득했어요. 아, 담배나 피웠으면 좋겠는데! 왜, 내 파이프를 돌려주지 않는 거야!'

그는 계속 횡설수설했어.

'그래, 그 배에는 두꺼비들이 그득했어! 그래서 그 배에서 빠져나올 수밖에 없었던 거야. 온통 분홍색이었다고! 큰 개만 했고, 머리 꼭대기에 눈이 하나 달려 있었다니까! 주둥이에는 집게발이 있었고.'

그의 유리알 같은 눈 뒤에 숨어 있던 공포가 터져 나온 것 같았어. 그는 계속 고함을 질렀어.

'나는 그 짐승 같은 놈들을 잘 알아요. 서둘러야 해! 전부 잠에서 깨어났어. 수백만이야. 그들이 나를 짓밟고 있어! 파리처럼 후려쳐야 해! 오, 사람 살려! 사람 살려!'

순간 의무 보조원이 나타났고 나는 도망치듯 병실 밖으로 나와 밑으로 내려갔어. 나는 아래층에서 의사 한 사람을 만났어. 그가 내게 말하더군. 기관장을 내 부하 선원으로 안 모양이야.

'선장님, 선원을 보러 오신 건가요? 내일 그 사람을 퇴원시킬 작정입니다. 참으로 기이한 사례입니다. 섬망증(譫妄症) 중에서도 최악의 상태입니다. 알코올 중독 증상이지요. 물론 머리도 돌았지요. 그런데 신기한 건 그렇게 정신없이 떠들어대는 중에도 뭔가 조리가 있어요. 참으로 드문 경우라서 그걸 찾아내려 하고 있습니다. 하긴 결국 죽어버리겠지만……. 어쨌든 참 흥미로운 경우예요. 선장님은 관심이 없으세요?'

나는 인사 삼아 흥미를 보이는 척하다가 시간이 없어 미안하다며 그의 손을 잡아 흔든 뒤 황급히 그곳을 떠났어. 그러자 의사가 내 등을 향해 소리치더군.

'저기요, 그는 심문을 받을 수 없어요. 그의 말은 증거가 될 수 없거든요. 안 그래요?'

'그렇죠. 조금도 증거가 될 수 없지요.'

나는 문 앞에서 뒤돌아보며 말했어."

제5장

"당국에서도 같은 의견이었음이 분명해. 심문은 연기되지 않았어. 법규를 충족시키기 위해 지정한 날에 열렸어. 구체적 사실이야 불확실한 게 하나도 없었지. 사람들이 그렇게 많이 모인 건 인간적인 관심 때문이었던 게 틀림없어. 그들을 그곳으로 끌어낸 것은 순전히 심리적인 관심 때문이야. 인간이 지닌 감정의 힘, 능력, 공포에 관해 무언가 본질적인 것이 밝혀지리라는 기대에서였지.

물론 그런 것들은 밝혀질 수 없는 게 당연해. 심문을 받을 수 있고, 또 받으려 했던 유일한 사람을 조사해 보았댔자, 이미 잘 알려진 사실의 변죽만 울릴 게 뻔했지. 마치 쇠 상자 안에 뭐가 들었는지 알아내려고 망치로 상자를 두드리는 것과 같은 짓이었지. 그렇더라도 공식적 심문에서 할 수 있는 일은 달리 없었어. 심문의 목적은 이 일이 '왜' 벌어졌는지 본질적인 것을 밝히는 데 있는 게 아니라, 그저 피상적으로 '어떻게'를 밝히려는 데 있었으니까.

실제로 그 젊은이에게 던진 질문들은 본질적인 것으로부터 그를 멀어지게 하는 질문들뿐이었어. 하긴 어쩌다 그곳에 동원된 치안판사 한 명과 재판관 두 명이 할 수 있는 게 그런 것 말고 뭐가 있었겠나. 하지만 그들이 무능하다던가 뭐 이런 이야기를 하는 게 아니야. 실제로 치안판사는 아주 참을성이 많았어. 그리고 재판관 중 한 명은 어떤 범선의 선장이었는데, 아주 경건한 사람이었다네. 그리고 또 한 사람은 브라이얼리었다네. 빅 브라이얼리라고, 자네들 그 이름 들어봤을 거야. 블루 스타 선박 회사의 멋진 배를 타던 사람 말일세. 사내 중의 사내지. 그는 자신에게 주어진 영광스러운 역할에 대해 따분해하고 있었어. 그는 살아오면서 잘못을 저지른 적도 없고, 사고도 없이 고속 승진을 거듭해 온 사람이야. 서른두 살의 나이에 벌써 동방무역에 나선 배들 중 가장 좋은 배를 지휘하게 되었으니까. 그는 자기가 누리고 있는 것에 대단히 만족하고 있던 사람이었어. 자기 불신이라는 건 모르던 사람이었다네. 제대로 재판관을 고른 셈이지. 그런데 참으로 놀랍게도 판결을 내린 지 얼마 되지 않아 그 사람이 자살을 했으니······.

짐 사건에 대해 그가 따분해하고 있었다는 건 의심의 여지가 없어. 그런데 그가 조사를 받고 있는 젊은이를 얼마나 경멸할까 하는, 두려움에 가까운 생각에 내가 잠겨 있을 때, 아마도 그는 자기 자신의 경우를 조용히 스스로 심문하고 있었던 것 같아. 그리고 그 죄가 결코 경감될 수 없다고 스스로 판결을 내린 것 같아. 어쨌든 그가 바다에 뛰어들 때, 모든 비밀을 다 가져가 버렸으니 알 수는 없어.

내가 사람에 대해 잘 알기 때문에 한마디 하지만, 그건 그에게 아주 중대한 문제였어. 물론 상식적으로는 아주 사소한 일일 수도 있어. 하지만 그 일이 그의 삶에 무언가 새롭게 생각할 거리를 가져왔을 것이고, 그런 생각과 함께 지내는 데 익숙하지 않은 사람은 더 이상 살아간다는 게 불가능하다는 것을 발견하게 되는 거지. 그는 조사가 끝난 지 1주일 후에 출항했는데 출항한 지 사흘 만에 바다에 뛰어들었어. 하지만 그는 갑작스런 충동에 빠져 바다로 뛰어든 게 아니야. 내가 나중에 그 배의 일등 항해사의 입을 통해 들은 바로는 유서를 두 통 써놓았다는 거야. 하나는 일등 항해사에게 배를 맡긴다는 유서였고, 다른 하나는 선주에게 보낸 편지였어. 그동안 브라이얼리에 대해 어떤 일들이 벌어졌는지, 해줄 이야기가 많지만 그 정도로 그칠게. 단 한 가지, 그 조사가 이루어지는 도중에 브라이얼리와 대화를 나눌 기회가 있었다는 말은 해주고 싶군.

그가 평소와 달리 약간 격앙되어 있는 것을 보고 나는 좀 놀랐어. 그는 이런 일 때문에 매일 불러댄다며 불평을 늘어놓았어. 그가 말하더군.

'이런 게 다 무슨 소용이 있어. 내내 바보가 된 기분이야. 우리가 무엇 때문에 그 젊은 녀석을 괴롭히고 있는 거지?'

내가 마음속으로 갖고 있던 생각과 너무 잘 어울려서 내가 한마디 했지.

'난들 알겠나? 그가 그러도록 내버려둔 것이 아니라면.'

나는 내 알쏭달쏭한 대답에 그가 동조하는 것을 보고 깜짝 놀랐어. 그가 화난 어조로 말하더군.

'그래, 맞아. 그래, 그놈은 그 형편없는 선장이 깨끗이 사라진 걸 보지도 못했나? 도대체 무슨 일이 벌어지길 기다리고 있던 거야? 그를 구제할 길은 없어. 이제 다 끝났어.'

우리는 말없이 몇 걸음 더 걸었어. 그가 말하더군.

'왜 이런 오물을 뒤집어쓰고 있는 거지?'

나는 그가 왜 그런 말을 하는지 갈피를 잡을 수 없었어. 평소와는 너무 다른 모습이었으니까. 지금 와서 생각하니 사실은 그와 어울리는 말이었어. 그가 마음속으로는 자기 자신에 대해 생각하고 있었던 게 틀림없었으니까.

그런데 그가 갑자기 내게 말했어.

'이봐, 우리 그를 땅속 깊은 곳에 들어가 숨어 살게 하세. 젠장, 나 같으면 그렇게 하겠어.'

그의 어조가 왜 내 감정을 촉발시켰는지는 모르겠어. 어쨌든 내가 그에게 반박했지.

'어디로 도망가버리면 아무도 뒤쫓을 사람이 없다는 걸 알면서도 그러지 않은 건 용기가 있어서가 아니겠나?'

'무슨 망할 놈의 용기! 그따위 용기는 사람을 올곧게 만드는 데 아무 소용이 없어. 나는 그런 용기 따위에는 조금도 흥미가 없어. 그걸 비겁함이나 나약함이라고 부른다면 몰라도. 이봐, 자네 100루피만 내놓게. 내가 200루피를 내놓을 테니 내일 아침 녀석이 일찍 빠져나갈 수 있게 만들자고. 도망치자면 돈이 들 거 아니야? 말로, 자네는 선원으로서 이 일이 끔찍하지도 않은가? 그 녀석이 도망만 치면 이 일은 깨끗이 마무리 될 거야.

자, 내가 자네에게 200루피를 주겠네. 그러니 자네가 그 녀석에게 말을 건네주게. 망할 녀석! 그 녀석이 이곳에 오지 말았어야 하는 건데. 사실은 우리 집안사람 중에 그의 가족을 알고 있는 사람이 있어서 그런다네. 그의 부친은 교구 목사지. 아들이 선원이 된 것에 대해 상당한 자부심을 가지고 있어.'

나는 그의 제안을 거절했다네. 나도 이유는 모르겠어. 다만 브라이얼리가 말끝에 '자네라면 할 수 있을 거야'라고 덧붙이는 바람에 화가 났던 것 같기도 해. 내가 곤충처럼 남의 눈에 띄지 않을 인물이라는 뜻도 들어 있는 것 같았거든. 브라이얼리는 더 이상 조르지 않고 그냥 가버리더군.

다음 날 나는 법정에 늦게 들어가서 혼자 앉아 있었어. 물론 브라이얼리와 나눈 대화를 잊지 않고 있었지. 당사자 두 사람이 바로 눈앞에 있었던 거야. 그중 한 명은 우울한 뻔뻔스러움을 보이고 있었고, 다른 한 사람은 경멸적으로 지루함을 드러내고 있었어. 하지만 브라이얼리는 지루한 게 아니었음을 나는 잘 알고 있었어. 그는 격분하고 있었을 뿐이야. 그렇다면 짐 또한 뻔뻔스럽지 않았는지도 몰라. 내 이론대로라면 그는 뻔뻔스럽지 않았어. 나는 그가 절망하고 있다고 생각했지. 그때 우리들의 눈이 마주쳤어. 순간 그에게 말을 걸어볼까 하던 생각이 사라져버렸어. 그가 뻔뻔스럽건, 절망을 하고 있건 내가 그에게

제5장

아무 소용이 없으리라는 생각이 들었던 거야.

그날은 두 번째 심리가 있던 날이었어. 심리는 다음 날 다시 열기로 하고 사람들은 자리를 뜨기 시작했어. 짐도 사람들 틈에 섞여 밖으로 나가더군. 나는 그의 뒷모습을 바라보며 내게 우연히 말을 걸어온 사람과 함께 천천히 걸어 나가고 있었어.

그때 사람들 사이를 누런 개 한 마리가 걸어 다니고 있었어. 마을 사람 누군가가 데리고 온 모양이었어. 나와 동행한 사람이 그 개를 보고 '저런, 똥개 같으니!'라고 말하더군. 이후 사람들이 밀치는 바람에 나는 그 사람과 헤어지게 되었어. 그 사람이 먼저 계단을 통해 사라지는 동안 나는 잠시 뒤로 물러나 벽에 등을 기대고 있었지. 순간 짐이 휙 돌아서더니 한 걸음 앞으로 나서며 내 앞을 가로막았어. 결연한 표정으로 내게 눈알을 부라리고 있었지. 이미 사람들은 다 빠져나갔고 법정에는 우리 둘밖에 없었어.

'내게 한 말입니까?' 짐이 마치 덤빌 듯이 내게 말했어. 내가 그렇지 않다고 말하자 그는 분명히 들었다고 대답했지. 그리고 덧붙였어.

'오전 내내 절 노려보시던데 무슨 의도로 그러신 겁니까?'

나는 기분이 상해 날카롭게 대답했지.

'그래, 내가 자네를 존중해서 눈을 내리깔고 있어야 한단 말인가?'

'좋습니다. 그건 문제 삼지 않기로 하지요. 대신 어느 누구든 이 법정 밖에서 내 욕을 하는 건 참을 수 없어요.'

그는 마치 나를 한 대 칠 기세였어. 나도 화가 나서 소리쳤지.

'도대체 자네가 무슨 소리를 들었다고 이러는 거야! 내가 도대체 무슨 짓을 했다는 거야!'

그러자 그가 말했어.

'누굴 보고 똥개라고 한 겁니까? 말해보세요.'

나는 충격을 받았어.

'설마 내가 그런 말을 했다고 생각하는 건 아니겠지?'

'저는 그 소리를 확실히 들었는데요.'

나는 손가락으로 아직 그곳에서 어슬렁거리고 있던 개를 가리켰지. 그는 당황한 표정을 짓더니 마치 놀라서 겁을 먹은 것처럼 되더군.

내가 그에게 말했지.

'자네에게 모욕을 주려던 사람은 아무도 없어.'

나는 그를 바라보았어. 얼굴이 귀 밑까지 빨개졌고, 맑고 파란 눈빛은 위로 피가 치솟아서 그랬는지 한결 더 어두워 보였어. 삐죽 내민 입술에서는 금방 울음이라도 터질 것 같았지. 아마 그는 시빗거리를 찾고 있었는지 모르고, 그런 속내를 들켜 버린 게 견딜 수 없었는지도 몰라.

그가 법정 밖으로 나가자 나는 헐레벌떡 그의 뒤를 따라갔어. 그를 따라가면서 나는 입으로 도망 이야기를 허겁지겁했지. 그는 '절대로 도망가지 않아요'라며 내게 짐승처럼 대들더군. 나는 내게서 도망간다는 뜻이 아니라고 설명했지. 그랬더니 그가 완강한 태도로 말하더군.

'이 세상 어느 누구에게서도 도망가지 않을 겁니다.'

나는 우물쭈물하며 그의 뒤를 따라갔어. 그에게 나에 대한 잘못된 인상을 남기고 헤어지긴 싫다고 더듬거리며 말했던 것 같아. 내가 생각해도 바보 같은 소리라서 실소가 나오더군. 그런데 그런 바보 같은 소리가 그의 마음에 들었던 모양이야. 말이 지니는 힘은 그것에 의미가 있거나 논리적이거나 하는 것과는 상관이 없는 법이거든.

그가 우물쭈물하는 내 말을 가로채더니 말하더군.

'모든 게 제 잘못이에요.'

그 어조가 어찌나 침착하고 정중한지 나는 놀라고 말았어. 그에게 엄청난 자제력이 있거나 그의 정신에 탄력성이 있다는 것을 증명해주고 있었거든.

'절 용서해주시기 바랍니다. 법정 안에서는 모든 사람이 바보 같아서 모든 게 내가 짐작한 대로예요. 거기선 모든 걸 참을 수 있어요. 하지만 법정 밖에서의 이런 일은 참기가 어렵고 참을 생각도 없어요.'

나는 마치 그의 새로운 모습을 발견한 것 같았어. 물론 내가 그를 이해했다고 주장할 생각은 없어. 짙은 안개 속으로 슬쩍 제 모습을 보여준 풍경 같았다고 하는 게 옳을 거야.

나는 마침 말라바 하우스에서 며칠간 묵고 있었는데, 내가 간절히 초대를 해서 그와 그곳에서 저녁 식사를 하게 되었지."

제6장

　"그날 오후, 해외 우편선 한 척이 기항해 있었기에 호텔의 널찍한 식당은 100파운드짜리 세계 일주 티켓을 호주머니에 넣고 있는 사람들로 반 이상 차 있었어.

　약간의 포도주를 마시자 짐의 마음도 열렸고 말문도 열렸어. 식욕도 좋은 걸 알 수 있었지. 우리들을 서로 사귈 수 있게 해준 사건 따위는 둘 다 잊어버린 듯했어. 그런 건 아무 문제도 없는 일처럼 되어버린 거지. 그저 내 앞에는 그날 저녁 내내 나를 똑바로 쳐다보는 그 소년티 나는 파란 눈, 젊은 얼굴, 건장한 어깨, 그을린 널찍한 이마 위의 금발이 있었을 뿐이야. 그의 외모—솔직한 모습, 꾸밈없는 미소, 젊은이다운 진지함은 바라보기만 해도 공감을 불러일으키기에 충분했지. 그는 올바른 인간이었고, 우리들 중의 하나였던 거야.

　이런 저런 이야기를 나누다가 나는 이 조사가 그에게 무척 견디기 어려울 것이라는 말을, 그에게 별로 거슬리지 않게 해줄 수 있었어. 그러자 그가 팔을 식탁보 위로 불쑥 내밀고 내 손을 잡더니, 나를 빤히 쳐다보더군. 나는 당황했어. 그래서 나는 더듬거리며 '정말 힘들지?'라고 말했어. 그러자 그가 숨을 죽인 목소리로 '지옥 같아요'라고 말하더군.

　옆 테이블에 앉아 있던 두 남자가 아이스 푸딩을 먹고 있다가, 짐의 동작에 놀라 우리를 쳐다보았어. 나는 일어났고 우리는 커피를 마시며 담배를 피우기 위해 앞쪽 발코니로 나갔어.

　'저는 도망칠 수 없었어요. 선장은 도망쳤지요. 그에겐 잘된 일이에요. 저는 그럴 수 없었고, 그러고 싶지도 않았어요. 모두들 이래저래 빠져나갔지만, 저는 그럴 수 없었어요.'

　나는 주의를 집중해서 듣고 있었고, 앉은 자리에서 꼼짝도 하지 않았어. 그의 숨결에서는 자신감과 우울함이 동시에 묻어 나왔어. 타고난 결벽에 대한 신념이, 그의 내부에서 꿈틀거리는 진실을 매번 저지하는 것 같았어. 그는 마치 6미터 벽을 타 넘을 수 없다는 사실을 자인하듯이 이제 자기는 고향으로 돌아갈 수 없다는 말부터 시작했어.

제6장

53

그는 자기 아버지가 훌륭하신 분이라는 생각을 내게 심어주려고 했어. '아버지는 지금쯤 고국의 신문에서 모든 걸 다 보셨을 겁니다. 이제 저는 더 이상 그 나이 드신 가엾은 분을 뵐 수 없어요. 결코 설명드릴 수 없을 거예요. 아버지도 이해하실 수 없을 거고요.'

그는 이어서 말했어. 자기가 동료 선원들과 함께 그 죄를— 글쎄, 일단은 죄라고 하지—저지른 건 사실이지만 자신을 그들과 혼동하지 말아주었으면 좋겠다고 말했어. 자신은 그들 중 하나가 아니며 그들과는 다른 사람이라는 거야. 나는 그의 말에 동의하지 않는다는 내색을 전혀 하지 않았어. 자기 나름대로 찾고 있는 구원의 방법을 진실의 이름으로 빼앗고 싶지 않았거든.

조사가 끝나면 어떻게 될 것인지에 대해 그는 자신이 어떻게 처신해야 하는지 알 수 없다고 말했어. 나에게 말했다기보다는 속으로 스스로에게 외치고 있었던 것이 틀림없어. 자격증은 사라질 것이고 경력도 끝장이 날 것이며, 돈도 없고 일자리도 얻을 수 없으리라는 거였어. 고국에서라면 일자리를 얻을 수 있겠지만, 남의 도움을 받는 일은 싫다고 했어. 겨우 일반 선원의 자격으로 배에 타거나 기선의 조타수 자리를 얻을 수 있을 뿐이라고 하더군.

내가 그에게 무자비하게 물었어.

'조타수가 될 생각이 있는가?'

그러자 그는 벌떡 일어나더니 난간 쪽으로 가서 밤하늘을 바라보더군. 그런 후 다시 돌아와 내 의자 곁에 섰는데, 그 젊은 얼굴에는 감정을 억누르려고 애쓰는 모습이 역력했어. 그는 다시 의자에 앉더니 말했어.

'선장님, 선장님은 정말 친절하세요. 그렇게 바보 같은 짓을 저지른 저를 비웃지 않으시니.'

그러더니 그는 잠시 뜸을 들인 후 말했어.

'선장님, 선장님께선 어떻게 했어야 했는지 알고 계시나요? 정말 알고 계세요? 그리고 선장님은…… 선장님은…….'

그는 뭔가 꿀꺽 삼키는 것 같은 어조로 말했어.

'선장님은 스스로를 개 같은 놈이라고 생각하지는 않으시겠지요?'

그는 무얼 캐묻듯이 나를 처다보았어. 하지만 그는 대답을 기다리지는 않았어.

'모든 게 마음의 준비가 되어 있느냐 아니냐에 달려 있지요. 하지만 나는, 적어도 그때는, 준비가 되어 있지 않았어요. 저는 변명을 하고 싶지는 않아요. 하지만 설명은 하고 싶어요. 누군가가, 그래요, 최소한 한 사람이라도 누군가가 이해해주길 원해요! 바로 선장님이요!'

그는 자기 이야기를 아주 조용히 시작했어. 깊은 노을이 지고 있는 바다를 구명정을 타고 떠돌던 네 명을 구해준 '데일라인호'에서, 그들은 다음 날부터 그 배 선원들의 의심스러운 눈초리를 받게 되었지. 물론 선원들은 그들에게 조난당한 경위를 꼬치꼬치 묻지는 않았어. 그건 불문율이었거든. 하지만 얼마 지나지 않아 데일라인의 간부들은 뭔가 '비릿한 냄새'를 맡게 되었나봐. 하지만 그들은 그 의혹을 마음으로만 품고 있었을 뿐이야.

그들은 그 배에서 열흘간 지낸 후 뭍에 상륙했어. 그리고 자기가 불행히도 함께 연루된 사건의 예기치 못한 결말에 대한 말을 그가 들었을 때, 그가 어떤 기분이었는지 그는 내게 한 마디도 해주지 않았어. 나로서는 상상하기도 어려워. 아마 발밑에서 땅이 꺼지는 기분이 아니었을까 싶기는 해. 글쎄?

그들은 다른 선원들 예닐곱 명과 함께 '선원들의 집'에서 꼬박 두 주일을 보냈어. 짐은 내게 이렇게 말했어.

'그동안 내내 내가 사람들에게 건넨 말은 세 마디도 되지 않을 겁니다. 우리들 중 누구든 불쑥, 제가 이제 더 이상 참아낼 수 없다고 마음먹고 있는 이 이야기를 꺼낼 수도 있었겠지요. 하지만 그때 저는…… 너무나…… 너무나 용기가 없었어요.'

나는 명랑한 어조로 그의 말을 받았어.

'결국 배의 격벽(隔壁)이 버텼던 모양이군.'

'맞아요.' 그는 중얼거렸어. '버텼어요. 마치 내 손 아래서 부풀어 오르는 것 같았어요.'

그는 앉은 자리에서 몸을 뒤로 젖힌 채 두 팔을 늘어뜨리고 고개를 가볍게 끄덕였어. 그런데 그가 갑자기 자세를 바로 잡더니 넓적다리를 탁 치면서 고함을 질렀어.

'오, 맙소사! 기회를 놓치다니! 그 좋은 기회를 놓치다니!'

두 번째 그 말을 할 때는 마치 고통에서 쥐어짜낸 울음처럼 들렸어.

내가 그의 말을 못 알아듣고 놀랐다고 생각한다면 자네들은 나를 잘못 본 거야. 그는 상상력을 먹고 사는 녀석이었어. 그는 자기 몸을 던지고 싶었던 거야. 자기를 포기할 용의도 있었지. 밤하늘을 뚫어지게 응시하고 있는 그의 눈초리에서 나는 그의 모든 내면적 존재가 무모한 영웅적 열망의 세계로, 그 환상적인 세계로 옮겨 가는 것을, 그 세계에 침잠하는 것을 볼 수 있

제6장

었어. 그는 황홀한 미소를 띠고 있었어. 그런 황홀한 미소를 자네들이나 나는 절대로 지을 수 없을 거야.

내가 그에게 말했지.

'배를 끝까지 고수했어야 했다는 뜻이로군.'

내 말이 그를 현실 세계로 되돌려 놓았어. 그는 내 쪽을 바라보았네. 두 눈은 놀란 빛이 역력했고, 고통에 차 있었어. 마치 별에서 떨어진 것 같았지. 그는 몸을 떨더니 한숨을 짓더군.

나는 무정하게 대하기로 작정하고 한마디 더 던졌어.

'자네가 그걸 미리 몰랐다는 게 불행한 일이군.'

'젠장, 그 격벽이 불거져 있었다니까요. 램프를 비춰 살펴보고 있는데 녹 덩어리가 움찔하더니 마치 살아 있는 것처럼 튕겨져 나왔어요. 저는 제 생각만 한 게 아닙니다. 제 등 뒤로는 이물 쪽 갑판에만 160명이 잠들어 있었어요. 그리고 고물 쪽 갑판에는 더 많은 사람이 있었고요. 설사 탈출할 수 있는 시간이 있었다 하더라도, 구명보트 수용 능력의 세 배가 되는 사람들이 있었다고요. 그런데 곧 철판이 갈라지고 물줄기가 들이닥칠 지경이었어요. 제가 뭘 할 수 있었겠어요? 도대체 뭘?'

나는 당시의 그의 모습을 떠올릴 수 있었어. 동굴 같은 어둠 속에서 금방이라도 무너져내릴 것 같은 격벽에 등불을 비추고 바라보며, 뒤로는 아무 생각 없이 잠들어 있는 승객들의 숨소리를 듣고 있는 그의 모습을. 떨어져 나온 녹 덩어리를 보며 죽음의 예감에 짓눌려 눈을 부라리고 있는 그의 모습을.

짐이 그때 느꼈던 첫 번째 충동은 고함을 질러 승객들을 깨운다는 것이었어. 배는 당장 공황 상태에 빠졌겠지. 그러나 너무나 무겁게 밀려오는 무력감에 아무 소리도 내지 못했다는 거야. 흔히 입천장에 혀가 달라붙었다는 표현을 쓰지? 짐이 바로 그런 상태에 있었던 거야. 그는 그 상황을 아주 간결하게 '입이 바싹 말랐어요'라고 표현하더군.

그는 아무 소리도 내지 못하고 갑판으로 기어 올라갔대. 그무렵 엔진은 이미 멈춘 상태였고, 증기도 빠져나오고 있었나봐. 그는 잠시 서서 잠들어 있는 사람들을 바라보았대. 그때 그의 심정을 우리는 헤아려야 해. 마치 죽을 처지에 놓인 사람이 죽어 있는 사람들을 말없이 바라보며, 자신의 운명을 의식하고 있는 것과 같았겠지. 아무도 그들을 구할 수 없었어.

아마 그중 반쯤을 구해낼 만한 보트가 있었을 거야. 하지만 시간이 없었어. 시간이 없었던 거야. 입을 열거나 손이나 발을 흔들 필요도 없었어. 그가 몇 마디 말을 하거나, 몇 발자국 옮기기도 전에 바닷속에서 사람 살리라고 허우적거리며 몸부림치는 사람들 틈에 그도 끼어 있게 될 것이니.

그가 말했어.

'그때 저는 제가 할 수 있는 게 아무것도 없다는 것을 잘 알고 있었어요. 지금 선장님을 눈앞에서 보고 있는 것처럼 명백한 사실이었어요. 다리에서 온 힘이 쭉 빠지는 것 같았어요. 그냥 그 자리에 서서 기다리는 게 낫겠다는 생각이 들더군요.'

그때 갑자기 증기 소리가 멈췄다더군. 시끄러운 소리에 정신을 차릴 수 없는 지경이었는데, 그 소리가 멈추자 오히려 그 정적이 더 견딜 수 없을 정도로 자신을 짓누르더라고 하더군.

'물에 빠지기도 전에 미리 질식할 것만 같았어요.'

그는 자기 목숨을 구해야 한다는 생각은 하지 않았다고 항변하듯 말했어. 그의 머릿속에 나타났다가 사라지고, 다시 생기곤 하던 분명한 생각은 '사람은 800명에 구명보트는 일곱 척뿐!'이었다는 거야.

그는 내게 말했어.

'누군가 제 머릿속에서 요란하게 말하고 있었어요. 승객은 800명인데 구명보트는 일곱 척뿐이다. 게다가 시간조차 없다고요. 제가 죽음을 두려워했다고 생각하시나요?'

그가 탁자를 내리치자 커피 잔들이 춤추듯 흔들렸어.

'맹세코 저는 두려워하지 않았어요. 절대로! 절대로!'

순간 몇몇 사람들이 이야기를 나누며 발코니로 나오자 그는 조금 진정하는 듯했어. 그가 이야기를 계속했지.

'선원들 중 몇몇은 제가 팔을 뻗치면 닿을 만한 거리인 1번 출입구에서 잠자고 있었습니다.'

그는 가까이에서 잠들어 있는 인도인의 어깨를 흔들어 깨우고 싶었지만 그만두었다고 했어. 무언가가 그의 팔을 저지했던 거지. 그가 겁이 났던 것은 아니야. 아니고말고. 다만 그럴 수 없었을 뿐이고 그게 다야. 그는 죽음을 겁내고 있었던 것이 아닐 거야. 하지만 그가 위급 상황은 겁내고 있었을 거라고 말할 수 있어. 그의 혼란에 빠진 상상력은 공황에 빠진 사람들의 공포, 그들이 쿵쾅거리며 뛰어다니는 모습, 가련한 비명 소리, 파도에 휩쓸린 구명보트, 이런 것들을 떠올리고 있었던 거야. 그가 일찍이 들은 적이 있었던 온갖 해난 사고의 끔찍한 모습들을 떠올리고 있었던 거지.

그는 죽어도 좋다고 체념했는지도 몰라. 하지만 그런 공포를 겪지 않은 채, 평화로운 몽환 상태에서 죽기를 바라고 있었을 거야. 사람이란 희망이 줄어들면 마음의 평화를 찾고자 하는 욕구가 커지기 마련이거든. 터무니없이 큰 힘들과 싸워 본

제6장

61

경험이 있는 사람들, 말하자면 난파선에서 구명보트를 타고 목숨을 건진 사람들, 사막에서 길을 잃어본 적이 있는 나그네, 상상하기도 어려운 자연의 힘, 혹은 군중들의 어리석은 잔인함에 대항해서 싸워본 사람들이라면 능히 알고 있는 사실이지."

제7장

"그가 물이 배에 가득 차기를, 그래서 차오른 물이 자신을 나뭇조각처럼 바다에 던져버리기를 그곳 갑판 출입구에 서서 얼마 동안 기다리고 있었는지는 알 수 없어. 길지는 않았을 거야. 2분 정도였을까?

그에게 빨리 구명보트를 매어둔 밧줄을 끊어놓아야 한다는 생각이 들었어. 배가 가라앉더라도 배에서 분리된 구명정을 바다에 띄울 시간은 있다는 생각이 든 거야. 구명보트는 선교 양쪽에 각각 네 척과 세 척이 매어져 있었어. 그는 선교로 달려갔지. 그가 말했어.

'그런데 제가 선교에 도달했을 때, 그 거지 같은 녀석들이 보트 하나를 떼어내고 있었어요. 구명보트 말이에요! 제가 사다리를 오르자, 무거운 타격이 제 머리를 아슬아슬하게 빗나가 어깨 위에 가해졌어요. 기관장이었어요. 침상에서 끌려 나와 그들과 함께 보트를 떼어내고 있었던 거지요. 나는 놀라지 않았어요. 그 어떤 것도 나를 놀라게 하지는 않았어요. 다만 모든 것이 자연스러우면서도 끔찍할 뿐이었거든요. 나는 그를 마치 어린아이 다루듯 들어 올렸어요. 그러자 그가 내 품에서 발버둥치면서 속삭이더군요.

'이러지 마. 이러지 말라고. 난 자네가 검둥이인 줄 알았어.'

내가 그를 밀쳐내자, 그가 다리 위에서 미끄러지며 체구가 작은 이등 기관사 녀석의 다리를 쳤어요. 구명보트를 준비하느라 정신이 없었던 선장이 야수처럼 으르렁거리며 제게 다가오더군요. 그러더니 저를 알아보고 중얼거렸어요.

'아, 자네였군. 빨리 도와주게.'

분명 그가 그렇게 말했어요. 빨리라니요? 마치 누구라도 재깍 도울 일이 있는 것처럼 말입니다. 나는 물었지요.

'무슨 조치를 취해야 할 것 아닙니까?'

그러자 그가 으르렁거리듯 말했어요.

'그래야지. 빠져나가는 거야.'

아아, 선장님, 선장님이라면 제게 무슨 일을 시켰겠어요? 선장님이 저였다면 어떻게 했겠어요? 저 혼자서는 배도, 사람도 구할 수 없었어요. 또 도저히 구조할 수 없는 승객들을 미치게 만든다고 무슨 소용이 있었겠어요?'

짐은 몇 마디 말을 할 때마다 급히 숨을 몰아쉬며 내 기색을 살피고는 했어. 사실상 그는 내 앞에서 말을 하고 있을 뿐 나를 상대로 말하고 있는 것이 아니었어. 내 앞에서 자기 말을 하고 있었을 뿐이었지. 자기 자신에게 적대적인 또 다른 자기 자신, 자기의 영혼을 사로잡고 있는 또 다른 존재, 뭐 그런 것과 이야기를 나누고 있었던 거지. 그런 것들은 해상 사건 재판소에서는 다룰 수 없는 거야. 삶의 본질에 관한 중요한 문제이니까, 재판관이 필요 없는 거지.

그는 한꺼번에 모든 것을 향해 호소하고 있었어. 인간의 낮과 같이 밝은 면뿐만 아니라, 달의 이면처럼 어두운 면을 향해서도 호소하고 있었던 거야.

내 이야기가 너무 미묘하다고 느끼겠지? 하지만 그 친구가 정말 미묘했던 거야. 나는 아무리 애를 써도 그 섬세한 색을 놓칠 수밖에 없어. 너무 오묘한 색깔이어서 아무 색채도 없는 언어로는 표현하기 어려워. 그는 너무 단순해서 오히려 문제를 복잡하게 만들었어. 그래, 정말 너무나 단순한 친구였어······.

빌어먹을! 기막힐 정도로 단순했지. 마치 내 눈앞에 자기를 두고 보듯이 확실하게, 자기는 그 무엇이든 겁먹지 않고 맞아들이겠다고 했어. 그리고 그렇게 믿고 있었고. 세상에 그렇게 기막히게 천진하고 엄청난 소리가 어디 있나!

내가 그에게 달래는 어조로 말했지.

'언제나 예상치 못하던 일은 일어나는 법이라네.'

그는 내 말에 그냥 '체!' 하고 말았을 뿐이야.

구명보트를 준비하는 일이 마치 음모처럼 은밀하게 진행되는 동안 그는 그 현장에서 가능한 한 멀리 떨어져서 선교 우현 쪽에 서 있었어. 그동안에도 두 명의 말레이인들은 여전히 타륜을 잡고 있었지. 그런 바다 현장에서 각자 특이한 역할을 맡고 있던 사람들을 한번 떠올려보게나. 수백 명의 사람들은 눈에 보이지 않는 손길에 그들의 피곤, 그들의 꿈, 그들의 희망이 붙잡혀 있다는 것을 까맣게 모르는 채 잠들어 있고, 그들 위에서 정신 나간 네 명이 은밀하게 필사적인 작업을 하고 있는 동안, 그것을 꼼짝 않고 바라보고 있는 세 명의 모습을.

구명보트를 준비하느라 정신이 없던 못난 인간들에게도 그럴 이유는 충분히 있었어. 솔직히 내가 그 자리에 있었더라도 1초 후에 배가 가라앉지 않고 떠 있으리라는 쪽에는 가짜 동전 한 푼이라도 걸지 않았을 테니까. 그런데 배는 떠 있었어. 잠들어 있는 순례자들은 그들의 순례를 온전히 마칠 운명이었고, 다른 자들이 쓴맛을 보게 되어 있었어. 순례자들이 고백했듯이, 전지전능하신 분이 그들을 더 필요로 했기에, 바다를 굽어보며 그들을 죽이지 말라는 손짓을 했던 것 같아. 낡은 철판도 때로는 질긴 저항력을 보여준다는 사실을 내가 알고 있기 망정이지, 안 그랬다면 그들이 어떻게 살아남을 수 있었는지 도무지 납득할 수 없어 꽤 오래 괴로워했을 거야.

두 명의 조타수가 20분 동안 보인 행동도 내 마음에는 놀라움으로 남아 있어. 나는 그들 중 젊은 친구 한 명이 증언석에서 증언했던 말을 지금도 또렷이 기억하고 있어. 통역을 통해 들은 말이 무엇이었는지 아나? '이 사람은 아무 생각도 하지 않았다고 합니다'였어. 주름이 잔뜩 잡힌 검은 피부를 한 다른 사람은 이렇게 말했어. 무언가 불행한 일이 배에서 일어나고 있음을 느꼈지만 아무런 명령도 받은 게 없었다, 아무런 명령도 받지 않았는데 어떻게 타륜 곁을 떠나겠느냐는 거였어. 재판관이 질문을 더 하자 그는 깡마른 어깨를 뒤로 젖히더니 죽음의 공포 때문에 백인들이 배를 버릴 수 있다는 생각은 해본 적이 없다고, 지금도 그런 생각은 하지 않는다고 말했지.

제7장

67

그 두 명의 현지인 선원들은 키가 제대로 작동될 정도의 속도도 내지 못하고 있는 배 안에서 키를 고수하고 있었으니 거기서 죽음을 맞을 수도 있었을 거야. 백인들은 그들을 거들떠보지도 않았을 뿐더러, 그들의 존재조차 잊고 있었거든.

　짐은 자기가 아무것도 할 게 없다는 사실만 곱씹으며 그냥 그렇게 서 있었지. 그때 일등 기관사가 조심스럽게 선교를 건너와서 그의 소매를 끌어당겼다고 하더군.

　'제발, 와서 좀 도와줘. 도와달라고!'

　짐이 내게 말하더군.

　'마치 제 손에 입이라도 맞출 태세였습니다. 그러더니 갑자기 저를 향해, 머리통을 부숴버리고 싶다고 으르렁거리더군요. 제가 그를 밀쳐내자 그가 내 목을 휘감았어요. 저는 그 자식을 쳐다보지도 않고 마구 때렸습니다. 그러자 그가 제게 말하더군요.

　'너는 네 목숨을 구하고 싶지도 않은 거냐! 이 망할 겁쟁이 같으니!'

　겁쟁이라! 그가 저를 망할 겁쟁이라고 불렀어요. 하, 하, 하, 그가 저를…… 하, 하, 하.'

　그는 몸을 뒤로 젖히고 온몸을 흔들며 웃었어. 내 평생 그렇게 쓰디쓴 웃음은 들어본 적이 없어. 옆자리에서 농담을 하던 사람들도 모두 입을 다물고 우리 쪽을 쳐다보았어. 그는 개의치 않고 이야기를 계속했어. 이제 와서 그의 의지력으로 하던 이야기를 중단할 수는 없게 된 거야."

"그가 하던 이야기를 마저 하기로 하지. 그는 '저는 가라앉아 버려라, 이 망할 놈의 배야! 가라앉아라, 하고 혼잣말을 했습니다'라고 이야기를 다시 시작했어.

그는 모든 것이 다 끝나버리기를 간절히 바라고 있었던 거야.

선원들은 여전히 볼트에 매달려 있었어. 그들은 밑으로 가서 들어 올리는 일을 서로에게 미루고 있었지. 그들은 잠시 가만히 서 있었고, 기관장이 짐에게 말했어.

'이 사람아, 와서 좀 도와줘. 탈출할 수 있는 기회를 날려버릴 거야? 자네 미쳤어? 이봐, 와서 도와달라니까. 이걸 좀 보라고!'

멍하니 있던 짐은 고물 쪽을 바라보았어. 언제 다가왔는지, 스콜 구름이 하늘의 3분의 1을 뒤덮고 있었어. 스콜이 다가오면 본격적으로 비가 내리기 전에 바다가 한 번 요동을 치게 되어 있다는 것 잘 알지? 배의 종말이 다가왔음을 조용히 알리고 있었던 거야. 모든 희망이 끝나가고 있었던 거지.

스콜은 짐을 미치게 만들었어. 하지만 동시에 정신을 잃고

제7장

69

있던 그를 후려친 셈이기도 했어. 자신이 왜 이쪽으로 달려왔었는지 기억하게 된 거야. 그는 나이프를 뽑아들고 구명보트로 달려들었어. 그리고 보트를 묶어놓은 줄을 자르기 시작했지. 다른 선원들 눈에는 그가 미친 것처럼 보였을 거야. 기관장이 마치 그의 귀를 물어뜯을 듯, 입을 가까이 붙이고 말했어.

'이런 천치 바보 같으니! 저 짐승 같은 자들이 모두 물에 빠지면 자네가 할 수 있는 일이 있을 것 같아? 저들을 구명보트에 태워놓으면 자네 머리를 후려칠걸.'

짐이 그의 욕설에도 아랑곳하지 않자 기관장은 발만 동동 구르고 있었어. 그래도 그들 중에는 몸집이 작은 기관사가 가장 용기가 있었던 셈이야. 그가 기관실로 달려가더니 망치를 갖고 왔어. 그리고 결국 구명보트를 떼어내는 데 성공했지.

그제야 짐은 돌아보았어. 짐과 그들 사이에는 거리가 있었지. 짐은 그들과 자기 사이에 거리가 있었다는 사실을 내가 알아주길 바라고 있었어. 자기와 그 망치를 들고 있는 선원들 사이에는 공통점이 없다는 거야. 짐은 그들과 자기 사이에는 메울 수 없는 간극이 벌어져 있어, 자기만이 고립되어 있다고 느꼈을 거야. 그는 그들로부터 가능한 한 멀리 떨어져 있었다고 했어.

구명정을 떼어내는 데 성공하자 그들은 서로 욕설을 해가며 모두 구명정으로 달려들었지. 짐은 우울한 표정으로 그 모습을 바라보고만 있었어. 그가 말하더군.

'저는 그들이 싫었고, 미웠어요. 나는 그들의 그 모습을 지켜보고만 있었어요.'

짐은 그 이야기를 하면서 무슨 말로 못할 일을 겪은 듯 머리를 감싸 쥐고 있었어. 하지만 그가 그 사건에 대해 얼마나 깊은 원한과 증오에 젖어 있는지는 충분히 느낄 수 있었어.

그가 말했어.

'저는 눈을 감고 있겠다고 마음먹었어요. 하지만 그럴 수 없었어요. 누가 뭐라고 하건 상관없어요. 누구든 무슨 말을 하려거든 그런 일을 겪어본 다음에 말하라고 하세요. 제가 눈을 감았다가 뜨는 순간 제 입도 벌어졌어요. 배가 움직이는 걸 느꼈던 거예요. 배는 뱃머리를 잠깐 숙였다가, 점잖게, 그리고 천천히, 아주 천천히 치켜들었어요. 구름이 앞으로 내달리고 있었고, 첫 번째 물결이 납덩이같은 바다 위로 밀려오는 것 같았어요.'

그가 생각했던 대로 마지막 순간이 다가오고 있었던 거야. 하지만 그는 꼼짝하지 않았어. 여러 가지 생각들이 떠돌며 계속 그의 머리를 두드렸지만 그의 발은 갑판에 붙어 꼼짝하지 않고 있었던 거야.

그때였어. 구명보트 주위에 몰려 있던 자들 중 한 명이 갑자기 뒤로 물러서더니 두 팔을 허공에 저으며 쓰러지는 모습을 그가 보게 되었어. 정확히 말하자면 엉덩방아를 찧더니 어깨를 기관실 천장에 기대고 있었대. 짐의 말로는 삼등 기관사였는데, 그냥 그렇게 죽어버린 거야. 심장이 약했는데 과도한 힘을 쓰다가 변을 당한 거지.

짐이 말하더군.

'그래요. 심장이 약했어요. 제 심장도 약했더라면 하는 생각이 이따금 들어요.'

그때 드디어 스콜이 가까이 몰려왔고, 폐선은 아주 위험할 정도로 머리를 쳐들었지. 그는 숨을 죽였어. 그리고 공포에 질린 비명들이 마치 비수처럼 그의 뇌와 가슴을 찔러댔어.

'구명보트를 띄워! 오, 제발! 보트를 띄우라고! 배가 가라앉는다!'

드디어 구명정을 묶고 있던 밧줄이 빠져나갔고 이어서 그들이 고함치는 소리가 들렸어. 짐이 말하더군.

'그 거지 같은 놈들이 탈출에 성공했을 때, 얼마나 고함을 질러댔는지, 죽은 사람도 깨울 정도였어요.'

그는 여전히 꼼짝도 하지 않고 있었어. 그때였어. 그가 누군 가의 다리에 걸려 넘어진 거야. 그가 몸을 조금이라도 움직인 건 그게 처음이었어. 바로 죽은 삼등 기관사였지. 그때 아래쪽 구명보트에서 고함 소리가 들렸어.

'조지, 내려 와!'

'셋이 함께 내지르는 고함 소리였습니다.' 그 말을 하면서 짐 은 약간 몸을 떨고 있었어.

'그 사람들이 고함을 질렀어요. 그 배에는 800명의 사람들이 타고 있었습니다. 살아 있는 사람들이 800명이나 있는데, 그들 은 죽은 한 사람에게 내려오라고 고함을 지르고 있었던 거예요.'

'뛰어내려, 조지! 뛰어내리라니까!'

'저는 아주 조용히 서 있었어요. 칠흑처럼 어두웠어요. 하늘 과 바다도 분간할 수 없을 정도였어요. 그때 선장이 소리치더 군요.'

'맙소사! 스콜이다! 스콜이라고! 구명보트를 배에서 떼어내!'

'빗줄기가 후두둑 떨어지기 시작하고, 강풍이 불어오기 시작 하자 그가 다급하게 소리쳤습니다.'

'뛰어내려, 조지! 우리가 잡아줄게! 뛰어내려!'

'배가 천천히 가라앉기 시작했고, 비가 마치 파도처럼 배를 휩쓸었습니다. 그때 다시 뛰어내리라는 고함 소리가 들렸습니다. 제 발 아래서 배는 가라앉고 있었습니다. 저는 뛰어내렸습니다. 뛰어내렸던 것 같아요.'

나는 재앙을 겪은 아이를 바라보는 노인의 심정으로 그를 바라보고 있었을 뿐이라네.

'배는 성벽보다도 높아 보였습니다. 마치 절벽이 구명보트를 굽어보고 있는 것 같았어요. 저는 죽고 싶은 심정이었습니다.'

그는 울부짖고 있었어.

'되돌아갈 길은 없었어요. 마치 우물 속으로, 깊이를 잴 수 없는 구멍 속으로 빠진 것 같았어요.'"

제8장

"그는 그 말을 하면서 손가락을 깍지 꼈다가 풀더군. 그보다 더한 진실은 없었어. 그는 정말로 깊이를 알 수 없는 구렁 속으로 뛰어내린 거야. 그는 다시 올라갈 수 없는 높은 곳으로부터 굴러 떨어진 거야.

그 당시 보트는 배의 앞머리를 지나 앞으로 나아가고 있었어. 너무 어두워서 그들은 서로를 알아볼 수 없었어. 게다가 세차게 퍼붓는 비에 흠뻑 젖어 거의 눈을 뜰 수조차 없었지. 짐은 물결에 휩쓸려 동굴을 지나가는 것 같다고 말했어. 짐은 보트 앞쪽에 웅크리고 앉아 뒤를 흘낏 바라보았어. 배의 돛대 꼭대기에, 마치 곧 사라질 별빛처럼 노란 등불만이 흐릿하게 켜져 있는 것이 보였어.

'등불이 그렇게 아직 켜져 있는 걸 보니 너무 무서웠어요.' 짐은 말했어. 그래, 그는 그렇게 말했어. 승객들이 아직 익사하지 않았다는 사실이 그를 무섭게 만든 거지. 그는 그 지겨운 일이 한시라도 빨리 끝나기를 원하고 있었던 거야.

순간 누군가가 그의 등을 손으로 건드렸어. 그리고 희미한 목소리로 말했지.

'자네 거기 있어?'

그리고 다른 한 명이 떨리는 목소리로 외쳤어.

'배가 사라졌다!'

그 소리에 모두 일어나 뒤쪽을 바라보았지. 아무 불빛도 보이지 않았어. 온통 칠흑 같은 어둠뿐이었지. 그들은 마치 비명 소리가 들리기를 기대하듯 뒤를 돌아다보고 있었어. 누군가 퉁명스러운 목소리로 말했어.

'배가 침몰하는 걸 보았다고.' 기관장의 목소리였어.

그때 짐의 기분이 어땠을까? 나는 그가 고통으로 가슴을 쥐어짜는 듯했으리라고 생각해. 어둠 속에서 폭력적인 죽음의 습격을 받은 800명의 두려움, 공포, 절망을 고스란히 함께 느끼고 있었다고 생각해. 그렇지 않았다면 그가 왜 '저는 그 저주받은 보트에서 뛰어내려, 그 배까지 반마일 혹은 그 이상이라도 헤엄쳐 가야만 할 것 같았어요'라고 말했겠나?

그가 왜 그런 충동을 느꼈을까? 왜, 그 현장으로 되돌아가고 싶었을까? 자신도 익사할 생각이 있었다면 그냥 물에 뛰어들어 죽으면 되지 않았을까? 자네들은 그 의미를 알겠는가? 죽음으로 구원을 받기 전에, 모든 것이 끝났다는 것을 확인함으로써 자신의 들끓는 상상력을 누그러뜨리기 위해서였을까? 이것 외에 어디 그럴 듯한 설명이 있으면 말해보게나. 그건 마치 자욱한 안개를 뚫고 그 무언가를 엿보는 것 같았어. 기이하면서도 흥분되는 일이었지. 그는 아주 비범한 방식으로 자신의 속을 드러내고 있었던 거야. 그는 그것을 아주 자연스러운 일인 듯 밖으로 내보였던 거야.

그는 곧 그 충동을 가라앉혔어. 그러자 사방을 둘러싸고 있는 정적을 의식하게 되었어. 바다와 하늘이 합심해서 엄청난 정적을 만들어내고 있는 것 같았지. 짐은 이렇게 말했어.

'보트 안에 바늘 하나 떨어지는 소리라도 들릴 만큼 조용했습니다. 지구상 그 어디도 그만큼 조용할 수는 없을 겁니다. 바다와 하늘을 구별할 수도 없었으며, 아무것도 볼 수 없었고, 아무 소리도 들리지 않았습니다. 마른 땅은 모두 바다 밑으로 가라앉아버리고 보트 안의 저와 그 거지 같은 놈들을 제외하고는

지구상의 모든 인간들이 익사해버린 것 같았습니다.'

그는 이어서 말했어.

'저는 그렇게 믿고 있었던 것 같아요. 내게는 모든 것이 사라졌고, 모든 것이 끝났다고…….'

그 말을 하면서 그는 깊은 한숨을 쉬더군."

거기까지 말한 말로는 갑자기 자세를 바로잡더니 입에 물고 있던 여송연을 휙 던져버렸다. 그리고 갑자기 소리쳤다. 그 누구도 움직이지 않았다.

"이봐, 자네들은 어떻게 생각해? 그는 자기 자신에게 진실하지 않았나? 목숨은 구했지만, 그의 생명은 끝났던 거야. 발 디딜 땅도 없었고, 눈으로 바라볼 광경도 없었고, 귀에 들리는 소리도 없었으니……. 그리고 내내 구름 낀 하늘, 물결조차 없이 정적에 싸인 바다, 흔들리지 않는 공기뿐이었어. 오로지 밤이 있었을 뿐이었고 오로지 정적만이 있을 뿐이었어.

그렇게 정적 속에 얼마 있은 후 그들은 일제히 입을 벌려 떠들기 시작했어. 마치 그럴 필요성을 느낀 것 같았을 거야.

'난 처음부터 배가 침몰할 걸 알고 있었지', '때맞춰 간신히 탈출했지 뭐야' 등등의 이야기였어. 짐은 아무 말도 하지 않았지. 하지만 미풍이 다시 불어오자 그의 기분이 약간은 좋아졌어. 그들이 수다를 떠는 것과 동시에 바다도 웅얼거리기 시작했어.

배는 분명 사라졌어. 그들은 배가 가라앉았으리라는 것을 추호도 의심하지 않았어. 등불이 사라졌으니 의심의 여지가 없었지. 배는 분명 사라졌어야 했어.

그들은 다시 떠들어대기 시작했어. 마치 자신들이 배가 침몰하는 순간을 본 것처럼 지어내서 말하기도 했고, 이등 기관사는 이를 덜덜 떨면서 울음을 터뜨리기도 했어. 짐은 여전히 가만히 있었지. 그런데 그들 중 한 명이 갑자기 '그런데 저 녀석은 왜 뛰어내리길 주저하고 있었던 거야! 천치 같은 녀석'이라고 말하는 소리가 들렸지. 그러더니 한 친구가 보트 안을 기어서 짐에게 왔어. 그러더니 그의 가슴을 탁 치면서 욕설을 해댄 거야.

'어이, 조지! 이 바보 같은 놈아, 어디 할 말이 있으면 해봐! 도대체 왜 안 뛰어내린 거야?'

그는 이등 기관사였어. 그가 짐의 코밑으로 머리를 바짝 들이밀더니 놀라서 소리쳤지.

'맙소사, 이게 누구야! 항해사 아니야!'

짐이 내게 말했어.

'갑자기 바람이 잦아들더니 비가 내리기 시작했습니다. 그들은 너무 놀라서 처음에는 아무 말도 못 하더군요. 또 전들 무슨 말을 그들에게 할 수 있었겠어요? 곧이어 그들은 제게 욕을 해 대기 시작했어요. 저를 증오하고 있었던 거지요. 그들은 나무 위로 도망간 도둑을 향해 똥개가 짖듯 짖어대기 시작했어요.

'너 여기서 뭐 하는 거냐? 너는 잘난 놈이잖아! 너무 엄청난 신사라서 이런 데 끼어들 사람이 아니잖아! 꿈에서 깨어나셨나? 슬쩍 끼어든 거야? 컹컹! 너는 살 자격이 없어! 컹컹!'

그들은 내가 삼등 기관사를 죽인 걸로 생각하고 있었던 게 틀림없어요. 기관장은 계속해서 제게 '겁쟁이 살인자!'라고 외치고 있었어요. 그 소리만은 듣기 거북하더군요. 그래서 저는 '닥쳐!'라고 고함을 질렀어요. 그들은 저를 바다에 밀어 넣을 기세였어요. 저는 벌떡 일어났어요. 저는 준비되어 있었다고요. 무슨 준비요? 싸울 준비가 되어 있던 거지요. 진짜로 싸우려고 했어요. 하지만 아무 일도 일어나지 않았어요. 그들은 말로만 떠들고 있었어요.'

해가 떴을 때도 짐은 그렇게 벌떡 일어선 자세 그대로 있었어. 밤새 끈질기게 싸울 준비를 하고 있었던 거야. 여섯 시간을 그렇게 꼼짝도 하지 않고 방어 자세를 하고 있었던 거야. 자네들은 어떻게 생각하나? 단호한 용기였을까, 아니면 두려움에서 나온 분발의 힘이라고 해야 할까?

그사이에 바다는 다시 조용해졌어. 구름도 사라졌고. 그러자 그들의 모습이 어깨, 머리, 얼굴 등 이목구비가 보이기 시작했어. 머리카락은 헝클어지고 눈은 충혈된 채 하얗게 동이 트는 곳을 향해 눈을 끔벅이고 있었지.

'그들은 마치 술에 취해 일주일 동안 하수구에서 뒹굴던 몰골이었어요. 그들은 선장을 한가운데 앉힌 채 머리를 맞대고 나를 노려보고 있었어요. 그러더니 제게 마치 친한 친구처럼 말을 걸더군요. 왜 그렇게 싸울 것처럼 서 있느냐는 것이었어요. 정말 지독히도 다정했어요. 정다운 친구니, 동료 선원이니 떠들어 대면서! 한배를 탔으니 최선을 다 하자고! 그냥 입에서 나오는 대로 말할 뿐이었어요. 조지가 어떻게 되었는지는 조금도 관심이 없었어요. 조지가 마지막 순간에 무언가 챙기려고 선실로 갔다가 빠져나오지 못한 거다, 정말 바보 같은 녀석이지만 불쌍한 건 사실이다, 운운하며.

그들의 눈은 저를 향하고 있었어요. 구명보트 저쪽 끝에서 세 명은 머리를 흔들며 제게 가까이 오라고 손짓을 하더군요. 왜 안 그러겠어요? 저도 뛰어내린 것 아닌가요? 나는 아무 말도 하지 않았어요. 제가 하고 싶던 말을 표현할 단어가 없었거든요. 그때 만일 제가 입을 열었다면 마치 짐승처럼 으르렁거렸을 거예요. 그들은 큰 소리로 제게 가까이 오라며, 선장 말을 잘 들어보라고 말했어요. 우리는 저녁이 되기 전에 구조될 것이 확실했어요. 우리는 수에즈 운하를 통과하는 선박들의 길목에 있었으니까요.

그들이 저를 부른 건 입을 맞추자는 거였어요. 선장은 끊임없이 날조한 이야기를 제게 지껄였어요. 하지만 그건 제게는 아무 의미도 없었어요. 저는 아무 상관이 없었지요. 저는 그들끼리 이야기하게 내버려두고 등을 돌리고 앉았어요. 그들이 소곤대더군요.

'저 바보 같은 녀석은 아무 말도 안 할 거야.' '제 놈도 잘 알거 아니야?' '내버려둬. 아무 일 없을 거야.' '제 놈이 뭘 어쩔 거야?' 그래요, 제가 뭘 어쩔 거냐고 했어요. 어차피 한배에 탄처지라는 거겠지요. 전 못 들은 척했어요. 사방은 죽은 듯 고요했어요. 그들은 물통의 물을 마셨고, 저도 마셨어요. 그런 후 그들은 보트에 돛을 다느라 부산을 떨더니 저보고 망을 보라고 한 후, 돛 아래로 가서 잠이 들었어요. 저는 그때 모자도 쓰지 않고 있었어요. 모자를 잃어버렸거든요. 저는 맨 머리로 태양빛을 받고 있었지요. 하지만 태양은 저를 죽이지 못했어요. 죽는 건 제게 달려 있는 일이었으니까요……. 저는 그때 죽을 것인가 말 것인가 생각에 빠져 있었거든요. 그래서 태양에 대해서는 아무 신경도 쓰지 않고 있었어요. 믿지 못하시나요?'

나는 그가 내게 해주는 이야기는 무엇이든 믿어줄 준비가 되어 있다고 엄숙한 선언이라도 할 심정이었어."

"그가 그 말을 할 때, 그의 등 뒤로 별이 초롱초롱한 밤하늘이 있었어. 어떤 신비스러운 빛이 그의 소년티 나는 머리를 내게 보여주는 것 같았어. 그리고 마치 그 순간 그의 내면 속의 젊음이 한순간 타오르다가 꺼져버리는 것만 같았지. 그가 내게 말했어.

'선장님, 이렇게 제 말에 귀를 기울여 주시니, 정말 좋으신 분이에요. 제게 정말 도움이 돼요. 그게 제게 어떤 건지 선장님은 잘 모르실 거예요. 선장님은 정말…….'

그는 적당한 말을 찾지 못하는 것 같았어. 그건 얼핏 내비치는 또렷한 모습이었지. 그는 우리가 주변에서 늘 보고 싶어 하는 그런 젊은이였어. 우리가 그랬으면 좋았겠다고 생각하는 그런 젊은이 말이야. 그 모습을 보면, 우리가 사라졌다고, 꺼져버렸다고, 식어버렸다고 생각했던 그런 환상과 다시 가까이하게

끔 만드는 그런 젊은이! 그리고 마치 다른 불꽃이 가까이 와서 다시 불을 붙이듯이, 저 깊은 곳 어딘가에서 빛…… 그리고 열기를…… 다시 퍼덕이게 만드는 그런 젊은이! 그래, 나는 그때 그에게서 그것을 흘낏 본 거야.

그가 계속 말했어.

'저 같은 입장에 처해 있는 놈에게 누군가 저를 믿어준다는 것이, 연장자에게 속을 털어놓을 수 있다는 것이 어떤 건지 선장님은 잘 모르실 겁니다. 정말 어렵고 너무 당치않은 일이며 이해하기 어려운 일이니까요.'

짐은 그때 내 나이와 내 지혜가 진실의 고통을 치유해줄 처방을 찾아주리라고 믿으면서, 궁지에 몰린 한 젊은이의 모습을 보여주며 내 앞에 있었던 거야. 그리고 그는 그때 죽음에 대해 심사숙고하고 있었던 거야, 제길! 자기 삶의 모든 매력이 그날 밤 배와 함께 사라지고 말았는데, 구차하게 목숨만 구했다는 생각에 죽음에 대해 곰곰이 생각하고 있었던 거야. 정말 자연스러운 일이지! 너무 비극적이면서 너무 우스꽝스런 일이라서, 커다란 연민을 불러일으키기에 충분했어. 내가 그를 바라보는 동안 안개가 깔렸고, 그의 목소리가 계속 들렸지.

'저는 정말 어찌할 바를 모르고 있었어요. 자기에게 그런 일이 일어나리라고는 누구도 생각할 수 없는 일이었던 거예요. 그건 싸움하고도 다른 거예요. 저는 자신이 없었으니까요. 그리고 이번 일에는 옳고 그름 사이에 종이 한 장 두께의 차이도 없었어요.'

그는 잠시 뜸을 들이더니 다시 말했어.

'제가 만일 그 배에 그대로 있었다고 칠까요? 좋아요. 얼마나 길게 있었을까요? 1분? 30초? 어쨌든 확실한 건 제가 배에서 뛰어내렸으리라는 거예요. 그리고 제가 손에 잡히는 것은 무엇이든, 그것이 노가 되었건, 구명부대(救命浮帶)건, 깔판이건 무엇이건 잡지 않았을까요? 그렇지 않습니까?'

'그래, 그래서 목숨을 구했겠지.'

'그랬을 겁니다. 그리고…… 그리고 말입니다. 제가 뛰어내렸을 때는……' 그는 쓴 약을 삼키듯 몸서리를 치며 말했어.

'그때는 그것 말고도 다른 게……'

그러더니 그가 갑자기 소리쳤어.

'제 말을 믿지 못하시겠어요? 맹세코…… 젠장! 선장님은 제 말을 들으려고 저를 이곳으로…… 그래요, 선장님은…… 믿으셔야 해요!'

'물론 나는 믿지.'

'그렇다면 제가 왜 그러지 않았는지…… 그런 식으로 나가지 않았는지 선장님은 이해하실 거예요. 저는 제가 한 일에 대해 두려워하고 싶지 않았다고요. 그리고 어쨌든, 제가 배를 그대로 고수했다고 하더라도, 저는 목숨을 구하기 위해 최선을 다했을 거라고요. 저는 바다에서 다른 사람들보다 더 잘 버텨낼 수 있었을 거라고요.'

'그랬겠지.' 내가 말했어.

'그래요, 머리카락 하나 차이……. 그때 이러느냐, 저러느냐 사이에는 머리카락 하나 차이밖에 없었어요. 그리고 그때는……'

나는 좀 짓궂게 대꾸했어.

'한밤중에는 머리카락을 보기도 어려웠겠지. 그래서 단번에 배에서 빠져나온 거겠군.'

'뛰어내린 거지요.' 그가 내 말을 통렬하게 수정했어.

'뛰어내린 거예요. 그래요, 맞아요! 그때는 아무것도 보이지 않았을 거예요. 아니, 하지만 시간도 있었고 그 보트에는 약간의 빛도 있었을 거예요. 생각할 수도 있었고요. 하지만 아무도 몰랐을 거예요. 그렇다고 마음이 편해질 수는 없었고요. 아, 내가 무슨 이야기를…… 암튼 아무 이야기도 하고 싶지 않았어요. 아니…… 거짓말이에요……. 하고 싶었어요. 저는 두려워하지 않았어요. 이 일에서 도망치고 싶지 않았어요. 그들은…… 그들은 이야기를 꾸며냈고…… 저는 진실을 알고 있었고요. 저 혼자서 그 진실을 삭이며 살아가려 했어요. 저는 그런 부당한 일에 굴복당하긴 싫었어요. 그런데 그 결과는? 저만 난도질을 당하고……. 정말이지 사는 게 힘들어요. 하지만, 하지만 그런 식으로, 그런 식으로 그걸 회피한다고 해서 무슨 소용이……. 그건 가야 할 길이 아니었어요. 그런다고 그 어떤 것도 끝나는 게 아니잖아요.'

내 앞에서 왔다 갔다 하던 그는 갑자기 나를 향해 멈춰서더니 격한 어조로 물었어.

'선장님은 무엇을 믿고 계시나요?'

잠시 둘 다 아무 말도 없었고, 나는 깊고 절망적인 피로감에 짓눌리는 기분이었어. 그가 다시 내게 완강한 어조로 중얼거렸어.

'……그래요. 결국 아무것도 끝내지 못했을 겁니다. 그렇고 말고요! 그것과 당당하게 맞서는 게 옳은 길이었어요. 나 혼자서…… 그리고 다른 기회를 기다리는 것…… 그리고 찾아내는 것…….'"

제9장

"우리 주변은 온통 고요했어. 싸늘한 밤공기는 마치 대리석 조각처럼 무겁게 내 팔다리를 내리 누르는 것 같았고.

나는 오로지 그 멍한 상태에서 빠져 나올 수 있다는 것을 스스로에게 증명이라도 하듯 '알겠네'라고 중얼거렸어.

'에이본데일호가 일몰 전에 우리를 구조했어요. 우리 쪽으로 똑바로 다가오더군요. 우리는 앉아서 기다릴 뿐이었어요.'

그런 후 오랜 침묵이 흘렀어. 그가 다시 말을 이었지.

'그들은 지어낸 이야기를 했어요.' 그런 후 다시 침묵이 이어졌어.

그가 덧붙이더군.

'그제야 제가 무슨 마음을 먹고 있었는지 알게 되었어요.'

'자네는 아무 말도 하지 않았겠군.'

'제가 무슨 말을 할 수 있었겠어요?

'충격은 가벼웠음. 배를 정지시켰음. 손상 상태를 확인했음. 승객들이 공황 상태에 빠지지 않도록 조용히 구명보트를 내리도록 조치를 취함. 첫 번째 구명보트를 내리자 스콜이 몰려와 배가 가라앉음. 납덩이처럼 침몰함⋯⋯.'

이보다 더 명료한 게 어디 있겠어요?'

그는 고개를 떨구었어.

'그리고 그보다 더 터무니없는 일이⋯⋯.'

그는 입술을 바르르 떨면서 나를 똑바로 바라보았어.

'저는 뛰어내렸지요. 그렇지요? 제가 살면서 씻어버려야 할 것⋯⋯. 그래요, 그거예요. 지어낸 이야기가 문제가 아니에요.'

그는 잠시 두 손을 움켜쥐더니 좌우를 두리번거렸어.

'그건 죽은 사람들을 속이는 것과 같았어요.' 그는 더듬거리며 말했어.

'그런데 죽은 사람들은 아무도 없었지.' 내가 말했어.

그 말을 듣자 그는 내게서 멀어져 발코니로 가더군. 그리고 한동안 조용히 차가운 밤공기를 마시며 서 있었어. 잠시 후 그가 다시 내 앞으로 돌아와 입을 열었어.

제9장

89

'하지만 그건 중요한 게 아니에요. 죽었건 안 죽었건, 내가 벗어날 수는 없었어요. 나는 살아야 했어요. 그렇지 않아요?'

잠시 뜸을 들이더니 그가 다시 입을 열었지.

'저는 물론 기뻤어요. 모든 게 밝혀진 것이……. 나중에 저는 들었어요. 파트나호를…… 프랑스 군함이…… 성공적으로 아덴항까지 예인했다고……. 곧 조사가 있을 것이고 그 전에 모두 '선원들의 집'에 묵게 될 거라고…….

하지만 아아, 그 불빛은 어떻게 된 걸까요? 불빛이 사라졌거든요. 만약에 불빛이 보였더라면 저는 헤엄쳐서 배로 돌아갔을 겁니다. 그리고 배에 태워달라고 애원했을 겁니다. 정말 기회가 될 수 있었는데…….

제 말을 의심하시나요? 제가 어떤 느낌이었는지 선장님이 어떻게 아시겠어요? 그러니 선장님은 의심할 권리가 없어요. 그때 저는 정말 거의 돌아갈 뻔했어요. 그런데 불빛이 하나도 보이지 않았어요…….'

그는 원통하다는 듯 말했어.

'만약에 불빛이 보였더라면 지금 이렇게 여기서 선장님을 만날 일도 없었으리라는 걸 아시겠어요?'

나는 그랬을 거라고 고개를 흔들었어. 배와 4분의 1마일도 떨어지지 않은 곳에서 배의 불빛이 보이지 않았다는 건 참으로 논란이 될 만한 문제야. 짐과 마찬가지로 다른 선원들도 그런 주장을 했지. 그들이 정말 그렇게 가까이에서 배의 불빛을 볼 수 없었다면, 가능성은 단 한 가지뿐이야. 배가 침몰한 거지. 너무나 명백한 사실이었고, 그 때문에 그들은 위안을 받기도 했어. 예상했던 상황이 너무나 빨리 온 것이고, 그 덕분에 황급히 탈출한 것이 정당화될 수 있었으니까.

그런데 어쨌든 배는 침몰하지 않은 거야. 다들 그들이 거짓말을 하고 있다고 생각했을 거야. 그런데 법정에서 브라이얼리가 설명을 해주었고 더 이상 그 문제는 신경을 쓰지 않았어. 아주 간단해. 뱃머리에 물이 차 있었기에 앞으로 기울어 있던 배가 스콜이 불어오자 선체가 휙 돌아간 거지. 구명보트에서 보자면 배가 갑자기 사라진 것처럼 보였을 거야.

사람들을 잔뜩 실은 그 낡은 배의 운명은 그때 끝나게 되어 있지 않았나봐. 참으로 신기하게도 그 위험을 겪고도 살아남아, 폐선 해체장에서 일생을 마쳤으니까. 어쨌든 그 배는 다음 날 아침 9시경에 귀국 중이던 프랑스 군함에 의해 구조되었어. 그 배가 구조될 때의 자세한 이야기는 생략할게. 프랑스 군함 함장의 보고서가 공식 자료로 공개되어 있으니까……

다만 내가 훗날, 그러니까 지금으로부터 3년 전, 시드니에서 우연히 만난 프랑스 장교에게서 들은 이야기를 해줄게. 그는 그 군함에 타고 있다가 파트나호에 승선했던 두 사람 중의 한 명이었어.

그가 해준 말을 간추리자면 다음과 같아.

'정말 이해가 되지 않는 사건이었어요. 그 배에 올라가니 우선 백인 한 사람이 선교 위에 죽은 채 누워 있는 것도 이상했어요. 사람들이 우리 주변으로 몰려들었지만 영어를 할 줄 아는 사람은 한 명도 없었어요. 격벽은 너무 위험한 상태라서, 손을 댈 수가 없었기에, 배를 그대로 항구까지 예인하기로 결정했지요. 저는 그 배에 서른 시간이나 타고 있었지만 예인하는 데는 25분밖에 안 걸렸어요. 정말 일생일대의 사건이었는데, 많은 것이 아직까지도 불분명한 채 남아 있어요.'

나는 그 프랑스 장교와 많은 이야기를 나누었어. 그는 장황하게 많은 이야기를 했지만, 그가 홀연 짐에 대한 이야기를 꺼냈기에 나는 놀랐어. 그는 짐에 대한 이야기를 들었던 거야. 그가 불어로 간단하게 말하더군.

'일세 탕퓌 아베크 레 조트르.'

그는 다른 자들과 함께 도망했다는 뜻이었어. 그는 문제의 핵심, 그러니까 내가 가장 관심을 두고 있었던 문제를 단번에 간파했던 거야. 이어서 그가 한 말을 나는 또렷이 기억하고 있어.

'배에 타고 있는 사람들은 용감해야 하지요. 그게 그의 직무이니까요. 하지만 선원들 각자는, 그들 각자는 그들이 정직한 사람이라면 당연히 고백할 겁니다. 아무리 훌륭한 사람이라도, 그 어떤 지점…… 어딘가 모든 것을 놓아버리는 그 어떤 지점이 있다는 것을……. 우리는 그 진실과 함께 살아가야만 하는 거지요. 아시겠어요? 여러 상황이 얽히게 되면 반드시 두려움이 찾아올 때가 있지요. 무시무시한 공포가! 그 진실을 믿지 않는 사람들에게도 두려움은 있습니다. 바로 자기 자신에 대한 두려움 말입니다.'

잠시 가만히 있더니 그가 다시 말하더군.

'인간은 겁쟁이로 태어나는 겁니다. 제길! 그래서 어려운 겁니다. 그렇지만 않다면 정말 쉬울 텐데……. 하지만 관습, 그래요, 관습과 필요성, 다른 사람의 눈, 그런 게 있지요. 사람들은 그런 것들을 견디며 함께 살아가지요. 자기 자신보다 더 나을 것 없으면서 겉으로는 훌륭해 보이는 다른 사람들의 본보기들과 함께…….'

내가 그에게 말했지.

제9장

93

'그런데 그 젊은이는 그렇게 그를 인도할 것이 아무것도 없었소. 적어도 그 순간에는……. 그걸 알아야 해요.'

그러자 그가 황급히 내 말에 대꾸하더군.

'제 말은 그게 아니라…… 그게 아니라…… 그 젊은이가 말입니다. 그 젊은이가 최고의 기질을 갖고 있었을 수도 있었다는 말입니다. 제 말은 그러니까 우리의 용기가 저절로 생겨나는 게 아니라는 겁니다. 그렇다고 해서 더 속상해할 것도 없다는 겁니다. 우리 속에 있는 한 가지 진실이 밝혀졌다고 해서 삶이 불가능해지는 건 아니잖아요.'

그러더니 그는 다음과 같은 말을 던지고 자리에서 일어났어.

'하지만 명예! 선장님, 명예 말입니다! 그래요, 정말로…… 삶이 무슨 가치가 있겠어요? 만일 우리가…… 만일 우리에게서 명예가 사라진다면! 저는 아무 의견도 제시할 수 없군요. 왜냐하면 선장님, 저는 그에 대해 아무것도 모르니까요.'

그가 떠난 후 나는 의기소침해서 앉아 있었어. 짐의 모습이 떠오른 거야. 자네들이 의아해할지 모르겠군. 나는 그 프랑스 장교를 만나기 직전에 짐을 본 적이 있었던 거야. 당시 그는 내 추천으로 드용에게 고용되어 입항 선박에 오르내리는 점원 일을 하고 있었어. 드용은 내게 짐을 '나의 떠다니는 대리인'이라고 말하고 있었어. 그처럼 위안이라고는 조금도 없는, 매력의 불꽃이라고는 전혀 찾아오지 않는 그런 생활 방식을 자네들은 전혀 상상할 수도 없을 거야. 나는 짐의 영혼이 그 새로운 생활에 어떻게 적응하고 있었는지 알 수 없어. 나는 그에게 간신히 연명이라도 할 만한 일자리를 구해주겠다는 생각에만 빠져 있었거든. 하지만 그의 모험심 많은 상상력이 채워지지 못하는 데 대한 굶주림으로 고통받고 있었던 것은 분명해. 그는 진지하게 그 일을 해내고 있었고, 그 때문에 그가 대견하기 그지없었지만, 그가 그런 일을 하고 있는 것이 안타까웠어. 마치 경주용 말이 당나귀처럼 짐이나 싣고 다니는 것과 같았거든.

그는 정말 잘 지냈어. 어쩌다 파트나호 사건에 대한 이야기가 나오면, 놀랄 만큼 격렬한 반응, 감정적 반응을 보이기도 했지만, 그런 경우가 아니라면 아주 잘 지냈어. 하지만 불행하게도 동양의 바다에서 벌어진 그 스캔들은 좀처럼 사라지지 않았어. 그래서 나는 안심하고 짐의 문제에서 손을 떼겠다는 생각을 좀처럼 할 수 없었어.

프랑스 장교가 떠난 후에도 나는 그 자리에 앉아서 짐에 대해 생각하고 있었어. 얼마 전에 드용 상점의 침침한 뒷방에서 악수를 나누었던 그의 모습을 생각한 게 아니야. 몇 해 전, 말

제9장

95

라바 하우스의 발코니에서 어둡고 싸늘한 밤공기를 맞으며 깜빡이는 촛불 앞에 나와 함께 앉아 있던 그의 모습을 생각한 거야. 법의 심판이라는 칼날이 그의 머리 위에 매달려 있는 셈이었어. 다음 날이면—아니야, 자정이 지났으니 바로 그날이라고 하는 게 옳겠지—대리석같이 차가운 얼굴의 치안판사가 그 무시무시한 무기를 치켜들고 그의 숙인 목을 내리치게 되어 있었던 거야. 그래서 그날 밤 우리들의 만남은 마치 사형을 선고받은 자와 마지막으로 밤을 새우는 것 같았어. 내가 속으로 여러 번 생각한 대로 그는 죄가 있었고, 죄가 있었기에 끝장이 난 셈이었어.

하지만 나는 그에게 공식적인 처벌만은 면하게 해주고 싶었어. 그러고 싶었던 이유를 설명하지는 않겠어. 또 정확하게 설명할 수도 없을 거야. 내 이야기를 듣고 자네들이 짐작하기만 바랄 뿐이야.

하여튼 그걸 실천에 옮길 만한 돈이 내 수중에 있었고 그거면 그에게 충분했을 거야. 물론 빌려주는 거지. 그리고 양곤에서 그가 일자리를 얻는 데 필요한 소개장도 써줄 수 있었어. 물론 무슨 도덕성에 근거를 두고 한 판단이라고 우기지는 않겠어. 하지만 나는 내가 무슨 비난받을 짓을 한다고는 생각하지 않았어. 하지만 내 속에는 은밀히 자기만족이라는 이기심이 어느 정도 작용하고 있었던 셈이야.

그런데 어느 정도 비도덕적인 내 의도는 그 죄인의 순박한 도덕성과의 싸움에서 지고 말았어. 물론 그에게도 이기심이 있었지. 하지만 그의 이기심은 내 이기심보다 훨씬 더 높은 곳에 그 뿌리를 두고 있었고, 보다 드높은 목표를 지니고 있었던 거야. 나는 그에게 길게 내 주장을 늘어놓지 않았어. 그의 젊음 앞에서 내 주장이 거센 저항을 받으리라는 것을 잘 느끼고 있었기 때문이야. 그는 거세게 고개를 흔들며 말했어.

'도망이라니요! 생각도 할 수 없는 일이에요!'

'나는 자네에게 그 어떤 사례를 요구하면서 이런 제안을 하는 게 아니라네. 나중에 형편이 닿을 때 그 돈을 갚기만 하면 돼.'

그는 나를 쳐다보지도 않고 중얼거렸어.

'정말로 고마운 일이로군요.'

나는 그를 쳐다보았어. 그 자신에게도 자신의 장래가 무섭도록 불안정해 보였음에 틀림없었어. 하지만 그는 결코 비틀거리지 않았어. 마치 그의 심장에는 아무 이상도 없는 것만 같았어.

그가 다시 말했어.

'어쨌든 이건 바로 제 문젭니다. 그들은…… 그들은 도망쳐

제9장

97

버렸지요……. 병원에 입원하기도 하고…… 누구하나 심판을 받으려 하지 않고……. 하지만 저는 이걸 극복해야 해요. 절대로 회피해서는 안 됩니다.'

내가 그의 말을 가로 막았어.

'말도 안 되는 소리 그만둬!'

'선장님은 이해하지 못하고 계시는군요. 저는 뛰어내리기는 했지만 도망가지는 않았습니다.'

나는 바보처럼 덧붙였어.

'자네보다 훌륭한 사람들도 때로는 도망치는 게 상책이라고 여길 때가 있는 법이야.'

그의 얼굴이 붉어지더군. 나는 혼란스러워서 내 혀로 내 목구멍을 반쯤 막아버리고 싶은 심정이었어. 이윽고 그가 입을 열었어.

'저는 잘난 사람이 아니에요. 도망칠 만한 여유도 없어요. 저는 이 일과 싸워서 눌러 이겨야 해요. 그리고 저는 지금 싸우고 있는 중이에요.'

그런 후 우리는 헤어졌어. 내가 그와 한 번 또 만났으면 좋겠다고 말했던 것도 기억나고, 그의 얼굴에 비참한 미소가 떠올랐던 것도, 그가 내 손을 으스러지게 잡았던 것도, 그가 겁먹은 듯 웃음을 지었던 것도 다 기억이 나.

그렇게 그는 가버렸어. 밤이 그의 모습을 삼켜버렸지. 그는 정말로 서툰 친구였어. 정말로 서툴렀어! 그의 장화 아래서 잔 돌들이 재게 사각사각 하는 소리가 들렸지. 그는 뛰고 있었던 거야. 갈 곳이라고는 없는 자가 단호하게 달리고 있었던 거야. 그런 그는 아직 채 스물네 살도 되지 않았지.”

제10장

"나는 다음 날—아니 바로 그날이지—법정으로 갔어. 법정은 어두웠고, 더 넓어 보였어. 높은 천장에서 풍카 부채들이 천천히 앞뒤로 움직이고 있었고, 여기저기 몸에 천을 두른 사람들이 여러 줄의 벤치 사이에 부동자세로 서 있었어. 브라이얼리는 지쳐빠진 자세로 의자에 묻혀 있었고, 경건한 범선 선장은 당장에라도 일어나서 한바탕 설교를 하고 싶은 걸 억지로 참는 것 같은 자세로 앉아 있었어. 재판장역을 맡은 치안판사는 깔끔하게 손질한 머리를 한 채 중앙에 앉아 있었지.

세상에, 내가 단두대니, 머리가 굴러 떨어지니 하며 바보처럼 떠들어댔었지만 짐의 경우는 실제로 목을 베는 것보다 훨씬 고약했다고 분명히 말할 수 있어. 마지막이라는 느낌이 온통 뒤덮고 있었을 뿐 아니라, 도끼가 떨어지고 나면 휴식과 안정이 찾아오리라는 희망조차 품을 수 없었으니까.

법정에서는 몇 가지 문제점들이 제기되었지. 첫 번째 문제점은 기선에 관한 것이었어. 그 배가 과연 그런 항해를 하기에 적합한 능력을 갖추고 있느냐 하는 것이었지. 다음으로는 그런 상황이 오기까지 선원으로서 적절한 조치를 취하며 항해를 했느냐 하는 것이었지. 재판관들은 무슨 이유에서인지, 그런 것에 대해서는 긍정적으로 판단했어. 그리고 사고의 원인을 명확히 밝혀줄 그 어떤 증거도 없다고 결론 내렸어. 아마도 난파해서 표류 중이던 배의 잔해와 부딪혔을 거라고 했지. 이런 떠도는 시체 같은 잔해들은 북대서양에서 흔히 볼 수 있는 것이었거든.

결론을 말할게. 짐은 '선원 자격증'을 박탈당했어. 재판장의 말대로 '자기들의 명백한 임무를 저버린' 죄이며, '위급한 순간을 맞자, 자기들의 책임하에 있던 인명과 재산을 포기한' 죄였던 것이지.

판결이 끝나고 사람들이 밖으로 나가자 나는 문간에서 짐을 기다리다가 그의 팔을 붙잡았어. 그의 시선을 받고 나는 당혹스러웠어. 그는 마치 내가 악의 화신이라도 되는 듯 나를 바라

제10장

보고 있더군. 마치 그가 지금 처한 상황에 대한 모든 책임이 내게 있는 것처럼 여겨지게 만드는 눈길이었어.

내가 더듬거리며 '이제 모든 게 끝났군'이라고 말하자 그가 '네'라고 탁한 목소리로 대답했어. 그리고 덧붙이더군.

'그리고 이제는 아무도……'

그는 내가 잡은 팔을 뿌리치더니 느린 걸음으로 내게서 멀어졌어. 마치 똑바로 걷기가 어려운 듯, 다리를 약간 벌리고 걸어가고 있었지. 그가 내 시야에서 사라지기 전에 그가 약간 비틀거린다는 생각이 들었어."

"그날 나는 단번에 짐을 찾아 나서지는 않았어. 누군가 만날 일이 있었기 때문이야. 볼 일을 본 후 나는 짐을 찾아 부둣가로 나갔지. 부두 난간에 기대어 있는 짐의 모습이 보이더군. 나는 그와 함께 내가 묵고 있는 호텔로 갔어. 그는 어린아이처럼 고분고분 따라왔지. 그가 고분고분 나를 따라온 것에 대해 놀랄 필요는 없어. 어떤 이에게는 너무 큰 것처럼 보이기도 하고, 어떤 이에게는 겨자씨만큼 작다고 여겨질 수도 있는 이 지구상에서 그가 물러나 지낼 곳이 단 한 군데도 없었거든. 바로 그거야! 물러나서 자신의 고독하고만 지낼 곳이 없었다고!

내 방에 들어오자 나는 그에게 아무 말도 않은 채, 곧장 편지를 쓰기 시작했어. 그가 말한 대로 '그 망할 놈의 사건'이 그를 보이지 않는 존재로 만들지는 못했지만 나는 마치 그가 보이지 않는 것처럼 행동했어.

나는 편지를 쓰고 또 썼어. 그동안 빚지고 있던 편지 답장들을 다 해치웠고, 더 나가 내 수다스러운 편지를 전혀 기다릴 리 없는 사람들에게까지 편지를 썼어.

편지를 쓰면서 나는 이따금 곁눈질로 짐을 바라보았어. 그는 제자리에 뿌리라도 내린 듯 꼼짝 않고 서 있었지만 갑자기 전율하기도 했고, 어깨가 들썩이기도 했어. 그는 분명 싸우고 있었어. 마치 숨을 쉬기 위해 싸우고 있는 것 같았어.

나는 그가 내게 가해오는 스트레스를 견디기 위해 편지를 쓰고 또 썼어. 그 스트레스를 피해 편지 쓰기 속으로 숨은 거야. 필요하다면 잘 모르는 사람에게도 편지를 썼을 거야.

내가 새 편지지 한 장을 집어 드는데, 갑자기 나지막한 소리가 들렸어. 우리가 함께 그렇게 갇힌 이후, 그 방의 어스름한 정적 속에서 처음 들려온 소리였지. 나는 쓰기를 멈춘 채 고개를 숙이고 가만히 있었어. 분명 망가진 육신과 지친 영혼이 내는 그런 소리 같았지.

그는 유리문을 세차게 밀고 밖으로 나갔어. 그리고 방문 앞에 서 있었어. 열린 문으로 아래층 식당에서 들리는 식기 부딪치는 소리, 사람들이 시끄럽게 떠드는 소리가 들리더군. 그는 어둡고 아무 희망도 보이지 않는 대양의 기슭에 서 있는 사람처럼 광활한 어둠의 가장자리에 서 있었던 거야.

나는 새 편지지를 꺼내서 다시 편지를 쓰기 시작했어. 그와 어두운 대양 사이에는 나밖에 없다는 생각에 나는 책임감을 느끼기 시작했어. 그는 촛불을 저만큼 등지고 서서, 마치 눈에 보이지 않는 적들에게 묶이고 재갈이라도 물린 것처럼, 꼼짝도 하지 않은 채, 아무 소리도 내지 않고 그렇게 서 있었어."

"그가 영웅의 자질을 가진 자로서 그의 이름 주변에 힘과 용기의 전설이 만들어지고, 그가 사랑받고, 신임받고, 찬양을 받게 될 날이 다가오고 있었어. 그건 사실이야. 내가 자네들 앞에 앉아 이렇게 쓸데없는 이야기를 늘어놓고 있는 게 사실인 것과 마찬가지로……. 그에게는 암시만 주어도 그가 욕망하던 것의 얼굴을, 그가 꿈꾸던 것의 형상을 볼 수 있는 능력이 있었던 거야. 그런 욕망과 꿈이 존재하지 않는다면, 이 세상 사람들 사이에서 사랑과 모험은 사라지겠지. 그는 밀림 속에서 크나큰 명예와 목가적인 행복을 찾았던 거야. 그것이 정말 천진한 행복이었다고는 말하지 않겠어. 하지만 거리의 다른 사람들이 찾는 그런 명예와 행복처럼 그것들은 그에게 아주 좋은 거였어. 더없는 행복은 어디에서든 황금 잔에 담아 마실 수 있지만, 그 맛은 오로지 마시는 사람에 달려 있어서, 각자 원하는 만큼 그에 도취할 수 있는 거야. 그는 그 잔을 깊이 들이마신 사람이었어. 그가 정확하게 그 약에 취해 있었다고 할 수는 없었지만 적어도 그 잔을 입술에 댄 채 상기되어 있었지.

그가 그것을 단번에 획득한 것은 아니야. 자네들도 알다시피 그는 그 지옥 같은 선구점들 사이에서 수습 기간을 거쳐야 했지.

내가 너무 멀리 나간 것 같군. 다시 그때 호텔에서 있었던 일을 마저 이야기할게.

그때 갑자기 천둥소리가 울리고 번개가 번쩍였어. 그는 걸어 들어와 문을 닫더니 책상에 몸을 굽히고 있는 나를 바라보더군. 그가 무슨 말을 할 것인지 걱정이 되어, 나는 거의 두려울 정도였어.

그가 내게 말했어.

'담배 좀 주시겠어요?'

나는 머리를 들지 않고 담뱃갑을 내밀었어. 그는 담배를 붙여 물고 방 안을 서성이며 '다 끝났어요'라고 말하더군. 멀리서 천둥소리가 포성처럼 들려왔어. 나는 편지 봉투에 주소를 쓰자마자 돌아앉았어. 그가 게걸스럽게 담배를 빨며 등을 돌리고 있더군. 그가 갑자기 고개를 돌리며 말했어.

'그래요, 나는 이제까지 잘 버텨왔어요. 대단하지는 않지만 대가도 치렀어요. 앞으로의 일은 모르겠어요.'

그의 얼굴에는 아무런 감정도 드러나 있지 않았어. 마음 내키지 않는 미소를 짓고 있는 것 같았지. 그가 계속 말했어.

'이제 떠돌이가 된 것이나 다름없지요.' 다 타들어간 담배가 그의 손가락 사이에서 연기를 내고 있었어.

'단 하나도…… 단 하나도 없이……'

그는 천천히 말하더니 잠시 멈추었다가 다시 말했어. 비는 점점 더 세차게 내리고 있었지.

'하지만…… 하지만 언젠가는 그 모든 것을 되찾을 기회가 오겠지요. 그래야 해요!' 그는 내 장화를 내려 보면서 또렷하게 속삭이고 있었어.

나는 그가 그토록 되찾고자 한 것이, 그가 그토록 아쉬워한 것이 무엇인지 알 수 없었어. 너무 엄청난 것이어서 말로 표현할 수 없었는지도 모르겠어. 보통 사람들이었다면 그 선원 자격증이라고 생각하겠지. 하지만 그런 게 아니었던 건 분명했어.

잠시 후 비가 억수같이 퍼붓는데도 그가 밖으로 나가려 하더군. 나는 어서 들어와 문이나 닫으라고 간절히 타일렀어.

그가 다시 안으로 들어왔어. 그 지역에서 아무 갈 곳도, 친구도 없는 사람이 겪어야 할 타락, 파멸, 이런 것으로부터 그를 구해내자는 게 내 유일한 목적이었어. 나는 그에게 내 도움을 받아들이라고 호소했어. 나는 조리 있게 설명도 했어. 하지만 그의 침통하면서도 잘생긴 젊은 얼굴을 보면서, 나의 이 모든 짓이 그에게 도움이 되기는커녕 그의 상처받은 영혼이 벌이는 그 영문을 알 수 없는 싸움, 설명할 수도 없고 종잡을 수도 없는 싸움에서 오히려 방해가 되는 것이나 아닌지 심란해졌어.

하지만 나는 힘을 내서 말했어.

'당장 내일 어떻게 할 건가? 어디 가서 도움을 구할 건가? 어쨌든 살아야 할 것 아닌가?'

'그런 건 중요하지 않습니다.'

나는 완강하게 말했어.

'어떤 식으로 따져 봐도 자네는 내 도움을 받아야 해. 어쨌든 내가 도울 수 있을 만큼만 돕겠네. 그 이상은 나서지도 않을 거야.'

그는 나를 쳐다보지도 않고 머리를 흔들었어. 내가 재차 말했지.

'나는 도울 수 있어. 그 이상도 할 수 있고 지금 하고 있어. 나는 자네를 믿으니까.'

드디어 그가 입을 열었어.

'그 돈은……'

그 말을 듣자 나는 화가 나서 소리를 질렀지.

'젠장, 욕을 바가지로 먹어도 싼 친구야, 자네는!'

그가 깜짝 놀라며 미소를 지었고, 나는 정통으로 공격을 해 댔어.

'이건 돈 문제가 아니야! 자네는 너무 피상적이야!'

나는 그에게 봉투를 보이며 말했어.

'이걸 보게. 이게 돈 봉투로 보이나? 이건 자네 손에 들려줄 편지야. 평생 부탁이라고는 해본 적 없는 친구에게 쓴 편지야. 아주 친한 사람에 관해 말할 때 쓸 수 있는 어투로 자네에 대해 썼어. 나는 아무 망설임 없이 자네에 대해 책임을 지려 하는 거야.'

그가 고개를 들었어. 얼굴빛은 더없이 부드러웠어. 그런데 그의 입에서는 거칠기 그지없는 말투가 새어나왔어.

'참으로 고결하시군요!'

그가 나를 조롱하며 혀를 내밀었다고 해도 그보다 더한 모욕

감을 느끼진 않았을 거야. 나는 속으로, '공연히 바보 같은 짓을 하다 당해도 싸지, 싸!'라고 생각하고 있었어.

나는 그의 눈을 바라보았어. 하지만 그 눈에는 조롱기라고는 없었어. 그가 갑자기 줄을 통해 조종을 받는 나무 인형 같은 동작을 했어. 그의 두 팔이 위로 올라가더니 갑자기 덜컥거리듯이 아래로 내려왔어. 그는 갑자기 다른 사람이 되어버린 거야.

'저는 정말로 몰랐어요.' 그는 입술을 깨물며 상을 찌푸리더군.

'저는 정말로 바보였어요. 선장님은 정말 멋있는 분이세요.'

그러더니 그가 울먹이며 내 손을 잡더군.

이후 둘 사이에 있었던 일은 길게 이야기할 것도 없어.

나는 편지와 함께 당장 필요한 생계비를 그의 손에 쥐어주었어. 그는 고맙다는 말과 새 출발, 무슨 이런 이야기를 하고 활기찬 발걸음으로 밖으로 나갔어. 하지만 촛불을 벗 삼아 혼자 남게 된 나는 말하자면 뭐가 뭔지 알 수 없는 상태에 빠져 있었어. 나는 이미 젊은이가 아니었고, 그렇기에 선을 향해, 혹은 악을 향해 우리가 무의미한 발걸음을 내디딜 때마다, 그 발걸음들을 어떤 화려한 것들이 둘러싸고 있는지 볼 수 없었던 거야. 나는 우리 둘 중에 불빛을 지닌 자는 내가 아니라 짐일 것이라고 생각하며 웃었다네. 그러니까 슬퍼지더군."

제10장

109

제11장

"그로부터 6개월이 지났을 때 내 친구가 내게 편지를 보내왔어. 내가 짐을 열렬히 추천한 것으로 보아, 그에 대한 소식이 궁금하리라고 생각하고 연락을 한 거야. 그는 편지에서 짐이 얼마나 완벽한 사람인지 길게 쓰고 있었지.

그는 중년이 지난 노총각이고 성격이 괴팍한 사람으로 알려져 있었어. 그는 쌀 방앗간을 경영하고 있었지. 그는 이제까지 혼자 살고 있었는데 얼마 전부터 짐과 함께 지냈다고 했어. 편지 내용으로 보아, 짐에게 아량을 베푼 것이 아니라 그를 좋아하게 되었던 것 같아. 그는 편지에서 그 이유를 자기 식으로 써 놓았어.

우선 짐은 그 기후에서도 싱싱함을 유지하고 있었다는 거야.

그는 만약 짐이 소녀였다면 열대지방의 화려한 꽃이 아니라 제비꽃처럼 수수한 꽃일 거라고 썼어. 짐은 그의 집에서 6주간이나 머물렀는데, 그럼에도 불구하고 자신의 등을 툭 친다던지 정겹게 부르는 따위의 짓을 하지 않았고, 자신을 늙은 퇴물로 대하지도 않았다는 거야. 게다가 다른 젊은이들처럼 짜증스럽게 재잘거리지도 않았다고 했어. 그러면서도 위트를 조용히 받아줄 수 있을 정도로 영리했고, 무엇보다 그가 순박하다는 게 마음에 들었나봐. 그는 이렇게 쓰고 있었지.

'그에게는 아직 아침 이슬 같은 게 있다네. 그에게 방을 내주고 함께 식사를 하게 되니까, 내가 늙고 시든 존재라는 생각이 덜 들게 되었다네. 그와 함께 지내다보니, 지난 몇 해 동안보다 더 많은 사람과 접촉하고 있다는 기분이 들었지. 우스운 일이지 않은가? 물론 짐에게 무슨 일이 있었다는 것은 짐작하고 있다네. 자네는 다 알고 있겠지만 뭔가 끔찍한 일이겠지. 하지만 그 일이 아무리 흉측한 일인 게 분명하더라도 그럭저럭 용서하며 지낼 수 있다고 생각하네. 나로서는 과수원에서 과일을 훔치는 일 이상의 짓을 그가 했으리라고는 상상할 수도 없거든. 나중에 자네에게 듣기 전에 그에게 물어볼 생각은 없어.'

나는 그 편지를 받고 정말 기분이 좋았지. 사람 제대로 보았다는 그런 기분도 들었어.

그런데 내가 북쪽으로 항해하고 돌아왔을 때 그 친구에게서 온 다른 편지가 나를 기다리고 있었어. 나는 얼른 편지를 뜯어보았지.

'내가 아는 한 숟가락 하나도 없어진 건 없네.' 편지의 첫 줄은 이렇게 시작하고 있었어.

'더 이상 살펴보고 싶은 생각도 없어. 그는 아침 식탁에 형식적인 사과의 말만 짧게 적어놓고 가버렸네. 바보 같은 짓이거나 무정한 짓이었지. 둘 다였다고 봐야겠지. 내게는 둘 다 마찬가지였으니까. 자네에게 그런 이상한 녀석들이 또 있을까 겁이 나서 나는 아예 가게 문을 영영 닫아버렸네. 아마 내가 저지른 마지막 괴팍한 짓일 거야. 하지만 내가 이 문제로 골치를 썩이고 있지 않으리라는 건 자네도 알지? 다만 테니스 모임에서 그가 사라진 것을 무척 섭섭해하더군. 나 자신을 위해서 그럴 듯한 거짓말을 둘러대느라 애쓰기는 했지.'

나는 그 편지를 던져버린 후, 탁자에 놓여 있는 다른 편지들 꾸러미를 뒤지기 시작했어. 짐의 필적이 눈에 띄더군. 자네들 믿을 수 있겠나? 100분의 1의 가능성을! 그런데 언제나 그 100분의 1의 가능성이 문제를 만들지.

파트나호의 그 키 작은 이등 기관사 녀석이 나타난 거야. 녀석이 꽤나 궁핍한 꼴로 나타나서 방앗간의 기계를 돌보는 임시직을 얻게 된 거야. 짐은 이렇게 쓰고 있었어.

'그 짐승 같은 녀석이 상냥하게 구는 걸 더 이상 참을 수 없었습니다.'

짐은 편하게 지낼 수도 있는 곳으로부터 700마일 떨어진 곳에서 편지를 쓰고 있었어.

'저는 에그스트롬 앤드 블레이크라는 선구상에서 임시로 일을 하고 있습니다. 신원보증을 위해 선장님 이름을 댔습니다. 주인은 물론 선장님 이름을 알고 있습니다. 선장님께서 저를 위해 한마디 적어 보내주신다면 저는 정식으로 채용될 것입니다.'

나는 물론 추천서를 써 보냈지. 그리고 그해가 가기 전에 내가 그곳으로 갈 기회가 있어서 그를 만날 수 있었어.

나는 에그스트롬 앤드 블레이크 상회의 응접실에서 그를 만나자마자 악수를 하는 둥 마는 둥 따지듯 물었어.

'어디 변명할 말이라도 있으면 해보게나.'

'편지로 드린 말씀 외에는 더 드릴 말씀이 없습니다.'

'그 녀석이 떠벌렸단 말인가?'

그는 괴로운 듯한 미소를 띠고 말했어.

제11장

113

'아닙니다. 녀석은 그걸 우리들만의 비밀로 삼고 있었어요. 그는 저를 신사분이라고 부르면서 살갑게 대했어요. 거기서 함께 지내게 된 게 파트나호에서보다는 낫지 않느냐고 눈웃음을 피면서요. 제가 그곳에서 계속 지냈다면……. 그랬다면…… 결국, 저는…… 제게 그렇게 친절하게 대해주신 주인 덴버 씨에게 모든 걸 말씀드리지 않을 수 없었을 겁니다. 그런 식으로 그 짐승 같은 놈과 덴버 씨 사이에서 살 수는 없었으니까요.'

얼마 후 가게에서 분주한 소리가 들리기 시작했어. 짐은 망원경을 들어 정박장 쪽을 바라보았어.

'바람이 없어 외항에서 꼼짝도 못 하던 배가 바람이 부니 들어오는군요. 이제 가봐야 합니다.'

그 말과 함께 그는 밖으로 나갔어.

길게 말하지 않을게. 그는 그곳에도 오래 있지 못했어. 내가 다음번 항해에서 다시 그곳을 찾았을 때 그는 그곳에 없었어. 그가 이미 3주 전에 그곳을 떠났다는 거야. 무슨 일이 있었는지 알아? 홍해에서 순례자들을 싣고 귀국하던 배가 프로펠러의 두 날개를 잃고 그곳에 임시 기항하게 된 거야. 그들이 파트나호에 대한 이야기를 한 건 당연했지. 에그스트롬은 그에 대해 이렇게 전했어.

'그 배의 선장이 우리 가게로 왔지요. 오브라이언 선장이라고 나이가 든 선장이었습니다. 그가 파트나호 선원들에 대해서 '스컹크 같은 놈들!'이라고 욕을 하며, 그 사건은 인간성에 대한 모욕이라고 말했습니다. 그들이 밖으로 나가자 짐이 와서 '갑니다'라고 말하더군요. 나는 그가 일하러 간다고 말하는 줄 알았습니다. 그런데 그게 아닌 걸 알자 온몸에 힘이 쭉 빠지더군요. 그래요! 그런 유능한 친구를 언제나 구할 수 있는 건 아니잖아요? 보트를 모는 데는 정말 귀신이었습니다. 날씨가 어떻든 상관 않는 바람에 그를 보고 미치광이라고 말하는 선장도 있었지요. 거기다 얼마나 상냥했는데요. 그가 보트를 띄우게 되면 새로 입항하는 배는 영락없이 저의 가게와 거래를 텄지요. 다른 선구상들은 그저 구면의 단골들이나 상대할 수 있을 뿐이었습니다. 그가 직접 우리 가게를 운영하고 있었더라도 그렇게 열심일 수는 없었을 겁니다. 그런데 그러던 그가…… 그렇게 갑자기 가버릴 수가 있는 겁니까? 제가 붙잡자 이런 이야기는 하더군요. '에그스트롬 씨, 당신은 나쁜 사람이 아니에요. 다만 내가 떠나는 이유를 당신이 안다면 당신은 나를 더 이상 붙잡지 않을 겁니다.' 나는 그에게 맥주나 마시고 떠나라고 했지만 그 맥주는 제가 마셔버렸답니다. 이런 걸 물어봐도 괜찮을

제11장

115

지 모르겠는데, 선장님은 어떻게 그를 알게 되셨나요?'

나는 뭔가 짐을 위해 설명을 해주어야 할 것 같아서 말했어.

'그는 파트나호의 일등 항해사였답니다.'

그러자 에그스트롬이 감정이 폭발한 듯 말했어.

'도대체 누가 그런 걸 상관한답디까?'

나도 맞장구를 쳤어.

'정말 아무도 상관 않지요. 도대체 누가 이런 식으로 살아갈 인간이 있담!'

내 반응에 놀란 듯 그가 잠시 입을 막고 서 있었어. 그러더니 큰 소리로 말하더군.

'젠장! 제가 그에게 말해주었어요. 이 세상은 그가 그렇게 미친 듯 떠도는 걸 다 받아줄 만큼 넓지 않다고요!'"

"짐이 새로운 환경에서 어떻게 생활했는지 보여주려고 두 에피소드를 비교적 자세히 이야기해준 거라네. 그런 에피소드들은 수도 없이 많아. 그 에피소드들에는 한결같이 고결함에서 비롯된 부조리한 의도가 들어 있었고, 그 부조리함 때문에 그의 아무짝에도 쓸모없는 것 같은 행동들이 깊이와 감동을 지닐 수 있었어. 유령에게 두 손을 사로잡히지 않기 위해 일상의 생계를 팽개친다는 게, 그저 하찮은 영웅주의로 보일 수도 있어. 대부분의 사람들은 배고픈 육신을 달래기 위해 유랑 길에 나선다는 걸 나는 잘 알고 있어. 하지만 짐처럼 행동한 사람들이 많이 있고, 매일매일 그 무언가 먹으면서, 먹기 위해 사는 사람들은 그런 명예로운 어리석음을 향해 갈채를 보내왔어.

짐은 정말 불행했어. 그런 무모한 짓을 해도 유령의 그늘에서 벗어날 수 없었으니까. 실은 그 명백한 '사실'이라는 유령을 잠재워버리기가 불가능했던 것 같아. 짐은 그 유령 자체를 묵과하며 살 수 없었던 게 분명해. 하지만 그가 과연 그 유령을 피하려던 것인지, 아니면 그에 맞서려던 것인지, 나는 단정 지을 수 없어. 내가 아무리 애를 써도 그 차이가 미묘해서 분간해내기 어렵다는 것만 알아냈을 뿐이야. 그건 도망치는 것일 수도 있고, 하나의 싸움 방식일 수도 있어.

어쨌든 보통 사람들이 보기에 그는 그냥 굴러다니는 돌이었을 뿐이야. 그리고 시간이 흐르자 인근 3,000마일 이내에서 그는 괴짜로 유명해졌어. 그는 방콕에서는 선박용품상이자 티크 목재상이었던 유커 형제 상회에서 일하기도 했고, 그곳에서 싸움을 벌인 끝에 그만두기도 했어. 나는 그를 드용에게 소개했어. 그는 그곳에서도 미소를 잃지 않고 편하게 지냈어. 하지만 어느 날 그를 만났을 때 그는 내게 '젠장, 일이 너무 힘들어요!' 라고 투덜댔어. 물론 미소를 짓고 있었지.

정박하고 있던 내 배로 그가 보트를 타고 찾아왔을 때 내가 그에게 말했어.

'이곳을 영영 떠나고 싶은가보지? 캘리포니아나 서부 해안 으로 갈 생각 없어? 내가 도울 수 있는 한 돕겠네.'

그는 약간 비웃듯이 내 말을 가로챘지.

'그런다고 뭐가 달라질까요?'

내게는 단번에 그의 말이 옳다는 확신이 들었어. 그래, 아무 것도 달라질 건 없었어. 그것이 그가 원하던 구원은 아니었어. 나는 어렴풋이 그가 원하는 것, 말하자면 그가 기다리고 있는 것은, 뭐라고 정의 내리기는 어렵지만 무슨 기회 같은 것이 아 닐까, 라고 느꼈어. 물론 나는 그에게 많은 기회를 주었지. 하 지만 그것들은 모두 밥벌이할 기회였을 뿐이야. 그렇다고 달리 내가 뭘 할 수 있었겠나?

그가 보트를 타고 떠나자 나는 스타인을 찾아가 상담을 하리 라 마음먹고 있었어. 그는 사람들에게 존경받는 부유한 상인이 었어. 그의 상사(商社)는 여러 섬 사이를 오가며 사업을 하고 있 었고, 산물들을 수집하기 위해 가장 궁벽한 곳까지 거래를 하

고 있었어. 그에게는 인도네시아 뉴기니섬 근처의 몰루카 군도
를 관리하는 일종의 동업자도 있었지.

물론 그가 재산이 많고 존경받을 사람이라는 이유만으로 그
의 조언을 구하려고 했던 건 아니야. 그가 아주 믿음직한 사람
이었기 때문이야. 순박하면서도 정열이 있었고, 이지적인 사람
이었고, 성품도 부드러웠지. 올곧은 데다가 관대하면서도, 대담
성과 용기를 지니고 있는 사람이었어. 그런 그에게는 또 다른
측면이 있었어. 그는 뛰어난 박물학자이기도 했어. 어쩌면 수
집가라고 하는 게 옳을지도 몰라. 그는 딱정벌레들을 수집하고
있었고, 그의 캐비닛 안에는 유리 상자에 담아 놓은 진귀한 나
비들이 그득했어. 그냥 아마추어 정도가 아니라서, 수집가로서
의 명성을 온 세계에 떨치고 있었어. 게다가 그는 상인이면서
모험가이기도 했어. 그는 그가 항상 '내 불쌍한 모하메드 본소'
라고 부르던 한 말레이시아 술탄의 자문역을 맡기도 했어.

나는 그 사람이야말로 짐의 곤경을 털어놓기에 안성맞춤이
라고 생각했던 거야."

제11장

119

제12장

"그날 저녁 나는 그의 집 서재에서 그를 만났어. 자바 출신 늙은 하인이 나를 그의 서재로 안내했고, 의자에 앉아 있던 그가 몸을 돌리더군. 그는 조용한 미소로 나를 맞았어.

그의 넓은 방에는 책상에만 등불이 밝혀 있었고, 나머지 공간은 마치 동굴처럼 어두웠어. 벽을 둘러가며 선반이 설치되어 있었고, 선반에는 상자들이 죽 놓여 있었어. 딱정벌레들의 무덤이었던 거야. 나비가 수집되어 있는 유리 상자들은 다리가 가는 탁자들 위에 세 줄로 놓여 있었고, 그의 책상 위에는 그중 한 상자가 놓여 있었지.

나를 보자 그가 말했어.

'그래, 자네가 나를 보러 왔군.'

그의 책상 위에 놓인 표본 상자 안에는 날개 길이가 20센티미터나 되는 화려한 나비가 하얀 줄들과 노란 점들을 과시하며 놓여 있었어.

'자네의 나라 런던에 이 표본이 딱 하나 있지. 그 외에는 세상 어디에도 없어. 내가 태어난 작은 마을에 물려줄 작정이지. 나 자신의 일부와 같아. 최고지.'

그의 이력은 특이해. 독일 바바리아 지역에서 출생한 그는 젊은 시절 1848년의 혁명에 가담했다가 신상의 위험을 느끼고 도망을 다녔어. 그는 싸구려 시계 제품을 들고 트리폴리에서 행상 노릇을 하다가 네덜란드인 여행자를 만났는데, 그게 그에게는 행운이었던 셈이야. 그 네덜란드인은 유명한 박물학자였어. 그가 스타인을 동양으로 데리고 가서, 함께 몇 년 동안 말레이 군도를 돌아다니며 곤충과 새를 수집했지. 그 학자가 본국으로 돌아가자 스타인은 그 섬에 남아 여행을 하던 중에 한 스코틀랜드인 상인을 만나게 되지. 그 늙은 스코틀랜드인은 당시 그 지역 거주가 허용되었던 유일한 백인이었어. 그 늙은 스코틀랜드인은 와조 제국 통치자의 친구가 되어 특권을 누리고 있었어. 그 통치자는 여성이었지. 그 스코틀랜드인은 스타인을 자기 아들이라고 여왕에게 소개했어.

그 스코틀랜드인이 죽자, 스타인은 그가 누리고 있던 모든 특권, 즉 지위, 교역권, 거주지까지 몽땅 물려받았어. 그 여왕이 늙어 죽자 왕위 계승권을 두고 나라 안에 싸움이 벌어졌는데, 스타인은 그가 '내 불쌍한 모하메드 본소'라고 부르는, 연하 쪽 아들 편을 들었지. 이후 8년에 걸친 전쟁을 하는 동안 그는 수많은 전투에서 공을 세워 영웅이 되었어. 하지만 드디어 왕국에 평화가 찾아올 때쯤 해서, '불쌍한 모하메드 본소'가 그만 세상을 떠나고 만 거야. 사슴 사냥을 하고 궁정으로 들어가다가 살해되고 만 거지. 게다가 모하메드 본소의 누이까지 얼마 안 가서 세상을 뜨자 그는 그곳을 떠날 수밖에 없었어. 그가 언제나 엄숙한 목소리로 '내 사랑하는 공주'라고 말하던 여인과 그 사이에는 딸이 하나 있었지만, 모녀가 열병에 감염되어 사흘 간격으로 세상을 떴다는 거야. 그 후 그는 그곳의 모험을 잊고 상사를 경영하며 지내고 있었던 거지.

내가 짐의 문제를 상의하러 찾아간 사람은 바로 그런 사람이었어.

그는 나를 보자 자기 앞에 놓인 나비에 대한 예찬을 한참 늘어놓았어. 자연의 걸작품이라는 거야. 그러면서 자연은 위대한 예술가라고 말하더군. 내가 슬쩍 그렇다면 인간은 어떻습니까?

라고 물었더니 그가 대답하더군.

'인간도 놀랍긴 하지만 걸작은 못 돼. 아마도 인간을 만든 예술가는 약간 정신이 나갔었나봐. 자네 생각은 어때? 가끔 인간은 아무도 원치 않는 곳에 나타나는 것처럼 보일 때가 있어. 자기 자리라곤 없는 곳에 나타난 것 같단 말이야. 도대체 인간이란 왜 여기저기 그렇게 뛰어다니며 별이 어떻다는 둥 떠들고, 풀잎을 휘저어 놓으면서 주변에 큰 소동을 일으키는 걸까?'

나는 슬쩍 한마디 했지.

'나비도 잡으면서 말이지요…….'

그러자 그는 그 나비를 잡을 때의 상황, 그때의 기분에 대해 신나게 떠들어대더니 이 나비야말로 정말 희귀한 표본이며, 그에 대한 연구가 큰 진전을 보이고 있다고 말했어.

나비에 대한 이야기가 끝나자 그가 내게 묻더군.

'그건 그렇고 무슨 좋은 소식이라도 있어서 왔는가?'

'실은 말입니다, 스타인.' 나는 스스로도 놀랄 만큼 힘을 들여 말했지.

'나도 당신에게 표본 하나에 대해 묘사하려고 온 겁니다.'

'나비?' 그는 믿을 수 없다는 듯 익살스러운 열의를 보이며 물었어.

제12장

123

'그런 완벽한 표본은 아니지요. 인간이거든요.'

그는 잠시 실망하는 표정을 짓더니, 한쪽 다리를 다른 쪽 다리에 걸치고 앉아 이야기를 들을 준비를 했어. 나는 짐에 대한 이야기를 모두 해주었다네. 내 이야기가 끝나자 그가 한마디 했어.

'잘 알겠어. 그 친구 로맨틱한 사람이로군.'

그는 나를 위해 짐을 진단해준 거야. 나는 처음에는 너무 단순한 그의 진단에 무척이나 놀랐어. 실제로 우리의 상담은 의학적 상담과 아주 비슷했거든.

'어떻게 하면 좋을까요?'

그는 기다란 집게손가락을 치켜들고 말했어.

'처방은 딱 하나야! 오직 한 가지만이 우리들 본래의 모습으로부터 우리를 치유해줄 수 있어.'

그가 잠시 말을 멈추더니 말하더군.

'우리는 아주 다양한 방식으로 살고 싶어 하지. 이 멋진 나비는 작은 진흙 더미를 찾으면 그 위에 얌전히 앉아 있어. 하지만 인간은 결코 자기 진흙 더미 위에 가만히 있지 않아. 이렇게 되고 싶다가, 다시 저렇게 되고 싶어 하고……. 성자가 되고 싶어 하는가 하면 악마가 되고 싶어 하기도 해. 그러고는 눈을 감을 때마다 자기 자신을 훌륭한 사람이라고 여기지. 결코 자신이 될 수 없는 그런 훌륭한 사람……. 꿈속에서나…….'

그는 나비가 든 유리 상자를 제자리로 갖다 놓고 돌아왔어. 그가 다시 말을 이었어.

'어떻게 사느냐? 자네가 어떻게 사느냐고 내게 묻는다면…… 답은 오직 하나가 있을 뿐이야.'

그는 손을 점잖게 내 어깨 위에 올려놓았어.

'세상에 태어나면서 사람은 마치 물에 빠지듯 꿈에 빠지게 되어 있어. 하지만 우리는 눈을 감은 채 살 수는 없어. 그 꿈을 실현시킬 수 없다는 것을 알 수밖에 없다는 게 괴로운 일이야. 그렇다고 꿈이라는 바다에서 뭍으로 기어 나오려고 애를 쓰다가는 오히려 그 물에 빠져 익사하게 될 뿐이지. 사는 길은 그 물이라는 파괴적인 원소에 몸을 맡기는 것뿐이야. 그래, 맞아! 거기 푹 잠겨야 해. 그게 사는 길이야. 꿈을 따르고, 또다시 꿈을 따르고……. 그렇게 영원히…… 끝까지…….'

그의 속삭임은 마치 내 앞에 광대하면서 불확실한 공간을 펼쳐놓는 것 같았어. 그것은 새벽 혹은 해질 녘, 평원에서 볼 수 있는 어스름한 지평선 같았어. 어떻다고 단정할 수는 없지만 매혹적인 동시에 기만적이기도 했어. 나는 스타인에게 그보다

로맨틱한 사람은 없을 거라고 말해주었지.

그날 밤 우리는 짐의 이름을 입에 꺼내지도 못한 채, 마치 두 명의 소년처럼 이야기를 나누었어. 하지만 우리의 대화는 결코 실용적인 방향으로는 나가지 못했어. 둘 다 꿈에 빠져 허우적대고 있었다고 해도 될 거야. 마침내 스타인이 일어나더니 말하더군.

'안 되겠군. 오늘 밤 여기서 자도록 하게. 내일 아침에 무슨 실용적 방안을 생각해 내기로 하고……. 그 친구는 로맨틱하지, 로맨틱해. 그런데 그게 아주 고약해. 아주 고약하다고……. 하지만 아주 좋을 수도 있지…….'

내가 물었지.

'그런데 그가 정말 그럴까요?'

'물론이지. 틀림없어. 그가 그렇게 내면적 고통을 겪으며 자기 자신을 알 수 있게 해주는 게 다른 무엇이 있겠나? 자네나 내게, 그를 존재하게 해주는 게 무엇이겠나?'

그날 나는 그의 집에서 하루를 묵었지."

제13장

여송연에 불을 붙이느라 잠시 침묵하던 말로가 이야기를 계속했다.

"자네들 중 그 누구도 파투산이란 곳에 대해 들어본 적 없을 걸. 당연히 그럴 거야. 그곳은 바타비아 정부 내에서도 일부 알만한 사람이나 알고 있는 곳이야. 특히 비행이나 탈선이 많은 곳으로 언급되고 있는 곳이고, 상업계에서는 극소수에게만 그 이름이 알려져 있어. 하지만 아무도 그곳에 가본 사람은 없었고, 직접 그곳에 가보고 싶어 하는 사람은 아무도 없을 거야.

스타인은 파투산에 대해 그 누구보다도 잘 알고 있는 사람이었어. 그는 그곳에 자기 상사의 대리점을 갖고 있었지. 지금 그곳에는 코넬리우스라는 포르투갈인이 지배인을 하고 있는데,

그는 무능했어. 그래서 그 대신 짐을 그곳에 보내자는 생각을 했던 거야.

우리가 짐에 대한 이야기를 나눈 다음 날 아침 식사 시간에, 그는 파투산에 대해 언급하면서 내게 말했어.

'어떤 의미로는 그 친구를 매장시켜버리는 거야. 그런 짓을 하고 싶은 사람은 없겠지만, 그 친구 됨됨이를 보면 그게 최선이야. 그래, 그는 젊어. 지금 존재하고 있는 인간 가운데 가장 젊어.'

나는 짐이 젊다는 그의 말에 동의했어. 그가 결론 내리듯 말했어.

'맞아, 파투산이야.'

파투산은 원주민이 다스리는 나라의 한 벽지였어. 바다에서 강을 따라 40마일쯤 올라오면 첫 번째 집들이 보이고 가파른 두 산이 바싹 붙어 있었지. 물론 나중에 실제로 보고 알게 된 거지만……. 만월이 그 두 산 사이로 떠오르던 광경이 아직 눈에 선해. 마치 달이 무덤을 가르고 도망쳐 나온 것 같았거든. 그때 짐이 그 광경을 나와 함께 바라보며 '멋진 효과지요. 볼 만하지 않아요?'라고 말했었지. 마치 자기가 그 광경을 연출하는 데 한몫한 것처럼 자랑스러워하는 것 같아 나는 미소를 지었었어.

정말 생각할 수 없는 일이었어. 우리는 그냥 마지못해, 그를 치워버린다는 생각으로 그를 그곳으로 보낸 건데……. 하지만 오해하지 마. 그를 우리에게서 치워버린다는 뜻이 아니야. 그를 그 자신의 길에서 치워버린다는 뜻이야.

그런데 그는 정말 놀라울 정도의 일을 이루었어. 나도 그 성공에 한몫을 맡은 셈이니 기뻐할 만한 일이었지. 하지만 나는 기대했던 만큼 기쁘지는 않았어. 나는 그의 돌진이, 그를 감싸고 있던 안개로부터 그를 빠져 나올 수 있게 해주었는지 자문하고 있어. 미천하나마 그 무언가 자기 자리를 찾으려고 안타깝게 찾아 헤매던 그의 희미한 윤곽을 어렴풋이 보여주던 그 안개로부터…….

게다가 최후의 말은 아직 발언되지 않았어. 어쩌면 영영 그럴지도 몰라. 우리는 언제나 오로지 그 최후의 말을 하기 위해 더듬거리며 살고 있지만, 그 최후의 말을 확실히 말하기에는 사람의 일생이란 너무나 짧지 않은가? 그 최후의 말이 울리기만 해도, 하늘과 땅이 마구 흔들리겠지만, 나는 그 최후의 말에 대한 기대는 포기했다네. 우리가 마지막 말을 할 기회, 우리의 사랑에 대해, 욕망에 대해, 믿음에 대해, 회한과 굴종과 반역에 대해 마지막 말을 할 기회는 오지 않을 거야. 하늘과 땅이 흔들

제13장

려서는 안 돼. 최소한 하늘과 땅에 대해 많은 것을 알고 있는 우리에 의해서 하늘과 땅이 흔들려서는 안 된다고 생각해.

짐에 대해 내가 최종적으로 할 수 있는 말은 거의 없어. 나는 그가 위대한 일을 이루었음을 인정해. 하지만 그 말을 하기만 해도, 혹은 그런 말을 듣기만 해도 모든 건 쪼그라질 거야. 솔직히 말하자면 내가 두려워하는 건 내 말이 아니야. 자네들 마음이지. 자네들이 자네들의 육신을 살찌우느라 상상력을 굶겨 죽였다는 두려움만 없었다면 나는 열변을 늘어놓았을지도 몰라. 자네들을 공격하는 게 아니야. 아무런 환상도 갖지 않고, 안전하게 이득을 취하며 바보처럼 사는 것도 존경받을 만한 일이야. 하지만 자네들에게도 한때는 삶이 충만했을 때가 있었을 거야. 사소한 일에서 받은 충격이 매혹적인 빛을 발하던 그런 경험 말이야. 차가운 돌들을 부딪쳐 내는 섬광처럼 경이로운 빛, 아아, 그러나 너무나 짧기만 한 그 빛과도 같은 것!"

"사랑과 명예와 신임을 얻고 그것을 자랑하고 그 힘을 누리는 일 등은 영웅적 이야기의 소재로 적합하지. 우리의 마음은 그런 성공의 겉모습을 보고 감명을 받을 뿐이야. 하지만 짐의 성공에는 그런 겉모습이 없었어. 30마일에 이르는 숲이 무관심

한 바깥세상에게 그것들을 가리고 있었고 해안가의 하얀 파도 소리가 그의 명성을 전하는 소리를 압도하고 있었으니까.

옛 항해 자료집에는 그 섬 이름이 자주 나오긴 해. 17세기 무역업자들이 후추를 구하기 위해 그곳을 자주 찾아갔었거든. 그때는 네덜란드와 영국 모험가들 사이에 후추에 대한 정열이 사랑의 불길처럼 타오르던 때였잖아. 후추가 있는 곳이면 어딘들 마다하지 않았지. 한 자루의 후추를 얻기 위해서라면 서로의 목을 벨 수도 있었고, 그토록 소중히 여기던 영혼도 팔 수 있었을걸. 그 욕망에 대한 이상한 집착이 온갖 형태의 죽음도 무릅쓰게 했었지. 미지의 바다를 찾아가서 기이한 병에 걸리고, 부상당하고 포로가 되고 굶주림과 역병과 절망에 시달리고……. 그것이 그들을 위대하게 만들었던 거야! 정말이야! 그것이 그들을 영웅으로 만들었어. 오로지 탐욕만으로 그들이 그렇게 집요하게 목적에 매달릴 수 있었고, 맹목적으로 끈질긴 노력과 헌신을 감수할 수 있었다는 것은 믿기 어려운 일이야. 사실 그렇게 모든 것을 걸고 그렇게 모험을 감행한 사람들이 얻은 보답은 하찮은 거야. 그들은 고국에 살고 있는 사람들에게 부(富)가 흘러들어갈 수 있도록 먼 나라 바닷가에서 그들의 뼈가 하얗게 표백되며 뒹구는 일도 감수했던 거야. 우리들에게 그들이 위대해 보이는 것은 그들이 무역의 역군이었기 때문이 아니야. 그들이 정해진 운명의 도구가 되어, 그의 내면에서 들리는 목소리, 핏줄 속에 꿈틀거리는 충동, 미래에 대한 꿈에 복종해서 미지의 땅으로 진출했기 때문이야.

파투산에서 그들은 많은 양의 후추를 찾아냈고, 그 지역을 지배하는 술탄의 당당함과 지혜에 감명을 받기도 했어. 하지만 오늘날 그곳은 무역권에서 벗어나 있어. 아마 후추가 바닥이 났던 게지. 옛날의 영광은 끝났고, 술탄은 백치인 데다 비참한 백성들로부터 착취한 재산을 그의 여러 숙부들이 빼돌리고 있었어.

이 모든 것은 스타인에게서 들은 이야기야. 그의 상사는 네덜란드 당국의 허가 아래 그곳에 거래소를 두고 있는 유일한 업체였으니, 그는 그곳에 관한 많은 정보를 갖고 있었거든.

그날 아침 식사를 함께 하면서 스타인은 상세하게 모든 것을 말해주었어.

그가 아는 한, 목숨과 재산이 극도로 불안한 상태가 오히려 그곳에서는 정상이라고 했어. 파투산에는 여러 적대 세력들이 있었고, 그중 한 명이 라자 알랑으로서 술탄의 숙부 중에 가장 질이 나쁜 자였어. 그는 강을 지배하면서 착취와 절도를 일삼으며 말레이 원주민들을 말살시킬 정도로 탄압하고 있었어. 훗날 나도 짐과 함께 그를 만나볼 기회가 있었는데, 누추한 데다 키도 작고 말라빠진 늙은이였어. 간악한 눈빛에 말투가 어눌했고, 두 시간마다 아편 환을 삼켰어.

어쨌든 스타인과 나는 짐을 파투산이라는 담 너머로 밀어 넣기로 합의했어. 나는 그 담 너머에서 어떤 일이 벌어질 것인지 전혀 짐작할 수도 없었어. 그 순간 나는 그저 그가 사라지기만 바라고 있었으니까.

사실 스타인의 모든 결정에는 감상적인 면이 있었어. 그는 전에 스코틀랜드인에게 진 빚을 잊지 않고 있었고 그것을 갚고 싶었던 것 같아. 그에게는 스코틀랜드건 잉글랜드건 다 '그레이트브리튼'이었거든. 하지만 나는 그런 이야기는 짐에게 하지 말아달라고 스타인에게 부탁했어. 개인적 이해관계가 짐에게 영향을 주면 안 된다고 느끼고 있었기 때문이야. 우리가 마주하고 있던 것은 그것과는 전혀 다른 종류의 현실이었어. 짐은 은신처를 원하고 있었고 그 어떤 위험을 감수하고라도 그에게 은신처가 주어져야만 했으며, 그 이상은 아무것도 없었어."

"내가 짐에게 모든 이야기를, 그가 겪게 될 위험에 대해서 과

장까지 섞어가며 모든 이야기를 솔직하게 해주었을 때, 그 이야기를 들으면서 변해가던 그의 얼굴 표정을 나는 지금도 잊지 않고 있어. 질기고 끈질긴 체념에 사로잡혀 있던 그의 얼굴 표정이 놀람과 흥미, 궁금증을 거쳐, 마침내 소년다운 열기로 바뀌더군. 그것이야말로 그가 꿈꾸고 있던 기회였거든. 그는 더듬거렸어.

'내가 왜 이런 대접을 받는지…… 도대체 누구에게 감사해야 할지……. 스타인 씨께서…… 하지만 감사해야 할 분은 바로 선장님…….'

나는 그의 말을 잘랐어. 무슨 말인지 알아들을 수도 없었을 뿐더러, 그가 내게 감사를 표하자 영문을 알 수 없게 고통스러웠기 때문이야. 나는 감사를 하려면 저 스코틀랜드 사람에게 해야 하겠지만 그는 이미 세상을 떠났다고 말했어. 사실상 이 세상에 짐이 감사를 표해야 할 사람은 아무도 없었어. 스타인은 자신이 젊은 시절 받았던 도움을 이제 한 젊은이에게 건네주고 있을 뿐이었고, 나는 단지 그에게 짐의 이름을 거명하는 것 외에는 아무것도 한 게 없었으니까. 어쨌든 확실한 것은 그가 일단 그곳으로 들어가고 나면 바깥세상 사람들에게 그는 마치 존재하지 않았던 것처럼 여겨지게 되리라는 사실뿐이었다.

그에게는 그가 디디고 설 두 발바닥밖에는 없었고, 우선 그 발을 디딜 땅부터 찾아내야 했으니까.

'존재한 적이 없었다? 맞아, 바로 그거야!' 그는 중얼댔어.

나는 이제 모든 걸 다 알았으면 당장 마차를 타고 스타인의 집으로 가서 그의 마지막 지시를 받는 것이 좋겠다고 말을 맺었어. 내가 말을 끝내기도 전에 그는 방에서 훌쩍 나가버리더군."

"이튿날 아침까지 그는 돌아오지 않았어. 저녁도 들고 잠까지 자고 온 거야. 짐은 스타인 씨처럼 멋진 분은 없었다고 말하더군. 그의 주머니에는 코넬리우스에게 보내는 편지가 들어 있었어.

'해고당할 바로 그 사람이지요'라고 말할 때 짐의 흥분이 조금 가라앉았지.

그는 원주민들이 사용하는 은반지를 하나 보여주었어. 얄팍하게 닳았지만 양각(陽刻) 흔적들이 남아 있었지.

그 반지는 도라민이라는 노인에게 짐을 소개하는 징표였어. 그곳의 높은 양반 중 한 명인데, 스타인이 그곳에서 모험을 겪을 때 친구가 된 사람이었어. 그 반지는 도라민이 스타인에게 영원한 우정의 표시로 주었던 거야. 무슨 일이 있을 때 스타인이 그의 목숨을 구해주었다더군. 스타인이 도라민은 정말로 자신의 '전우'라고 말하면서 '전우'란 좋은 말이 아니냐고 했대.

나와 짐은 점심 식탁에 마주 앉아 이야기를 나누고 있었어. 그는 식사를 거의 하지 않더군. 약간 상기된 표정에 흥분한 것 같았어. 그가 하도 들뜬 기분이어서 나는 겁이 날 지경이었어. 마치 즐거운 고생이 기다리고 있는 긴 휴가를 떠나는 젊은이 같았으니까. 어찌 보면 허세를 부리는 것 같기도 했어.

그는 반지를 목에 걸더니, 팔을 저으며 방을 뚜벅뚜벅 걸어 다니고 있었어. 도대체 교역소의 서기로 임명되어 가는 사람이, 그것도 교역이라고는 거의 없는 곳으로 가면서 저렇게 흥분할 수 있단 말인가? 어찌하여 세상 전체를 향해 도전하는 것 같은 모습을 보인단 말인가?

내가 그에게, 그건 맡은 임무에 접근하는 사람의 올바른 마음가짐이 아니라고, 그뿐만이 아니라 그 누구에게도 어울리지 않는 마음가짐이라고 말해주었어. 그는 흥분한 기색을 조금도 누그러뜨리지 않은 채, 정말 그렇게 생각하느냐고 미소 지으며 내게 묻더군. 나는 그 미소에서 갑자기 그 무언가 오만한 기색을 엿본 것 같았어. 하지만 당연했는지도 몰라. 나는 그보다 스무 살이나 더 먹었고, 젊음은 언제나 건방진 법이 아닌가? 그건 젊음의 권리이고 필요한 것이기도 해. 젊음은 젊음 그 자체를 내세워야 하고, 이 의혹으로 가득 찬 세상에서 그 어떤 것을 내세운다는 것은 도전을 의미하지. 도전은 언제나 건방짐을 전제로 하는 것 아닌가? 내가 올바른 마음가짐이니 어쩌니 떠들었던 건 주제넘은 짓이었지.

그는 내게, 결코 그곳에서 돌아오지 않을 것이라고 말했어. 내가 반박했지.

'그런 바보 같은 소리 말아. 오래 살다 보면 돌아오고 싶어질 거야.'

'뭣 때문에 돌아오지요?'

그가 벽에 걸린 시계를 바라보며 내게 묻더군.

나는 한동안 가만히 있다가 그에게 되물었어.

'그러면 절대로 돌아오지 않겠다는 거야?'

'결코!' 그는 나를 바라보지도 않은 채, 마치 꿈꾸듯 되풀이했어. 그러더니 갑자기 '맙소사, 벌써 2시네! 4시에는 출항해야 하는데!'

그는 출항 준비를 위해 황급히 밖으로 나갔고, 나는 외항으로 나가기 전에 내 배에 들르라고 소리를 쳤어."

제13장

137

"그가 황급히 내 배에 나타났을 때 그는 작은 가죽 가방을 하나 갖고 있었어. 너무 형편없어 보였기에 나는 그에게 낡은 주석 트렁크를 주었지. 방수까지는 아니더라도 방습은 될 수 있는 트렁크였어. 그는 가죽 가방에 담긴 것들을 쏟아내서 트렁크로 옮겼어. 짐이라야 보잘것없었지만 두툼한 셰익스피어 전집이 눈에 띄더군.

'자네가 이걸 읽어?'

'네, 기분 돋우는 데는 그만이지요.'

나는 그가 셰익스피어를 읽는다는 말에 기분이 좋았지만 그에 대해 길게 이야기할 시간은 없었어. 그는 고맙다는 말과 함께 작별 인사를 하고 배까지 타고 갈 보트에 올랐어. 나도 보트에 올라 그가 타고 갈 배까지 갔어.

헤어질 때 우리들 사이에 늘 존재하던 격식 같은 게 사라졌던 것 같아. 실제로 둘 사이에 진정으로 깊은 친밀감을 느끼는 순간이 찾아왔는데, 마치 기대하지도 않던 영원한 진리, 우리를 구원해줄 진리가 흘끗 모습을 보이다 금세 사라진 것 같았어.

그는 마치 자기가 우리 둘 중에 더 성숙한 사람인 것처럼 나를 달래려 하더군.

'괜찮아요. 문제없어요.' 그런 후 감정이 섞인 어조로 빠르게 말했어.

　'조심하겠다고 약속드릴게요. 어떤 위험한 짓도 안 하겠어요. 오래 버티면서 살 테니 걱정 마세요. 아무것도 저를 건드리지 못할 것 같은 기분이에요! 이 멋진 기회를 저는 망치지 않을거예요!'

　이윽고 나는 보트에 올라 그 배로부터 멀어졌어.

　'선장님, 제 소식을 듣게 될 거예요!'라고 그가 소리쳤어. 자기에 대한 소식을 말하는 것인지, 자기가 보낼 소식을 말하는 것인지 알 수 없었어."

제14장

"나는 거의 2년이 지나서야 파투산 해안을 내 눈으로 볼 수 있었다네. 강들 어귀에 습지 평원이 펼쳐져 있었고, 광활한 숲 너머로는 들쭉날쭉한 청색 봉우리들이 보이는 곳이었지. 앞바다에는 허물어진 형상을 한 어두운 섬들이 있었어. 그 섬들은 언제고 사라지지 않는 안개 속에서 햇빛을 받으며 마치 파도에 의해 깨져버린 성벽의 잔해처럼 서 있었지.

그 하류의 바투 크링 지류의 어귀에는 어민들 마을이 하나 있어. 나는 스타인의 소형 범선을 타고 강을 거슬러 올라갔어. 그 배에는 길잡이 역할로 그 어촌의 늙수그레한 촌장이 타고 있었는데, 그는 내가 자기가 두 번째 만난 백인이라고 자신 있게 말하더군. 그는 주로 자기가 처음 만났던 백인 이야기를 했

어. 바로 짐 이야기였지. 그는 짐을 '투안 짐', 즉 '로드 짐'이라
고 불렀는데, 친근함과 경외감이 섞여 있는 어투였지.

짐이 그 마을에 온 것은 하나의 축복이었어. 하지만 그 축복
은 대부분의 경우와 마찬가지로 처음에는 그들에게 공포의 모
습으로 찾아왔지. 처음 보는 백인의 모습, 게다가 파투산으로
데려다달라는 그의 요구는 그들을 불안하게 만들었어. 도대체
전례가 없던 일이었거든. 이 일을 두고 라자는 뭐라고 할 것인
가? 백인이 시키는 대로 하면 라자 알랑은 그들을 어떻게 할
것인가? 마을 사람들은 밤새도록 상의를 했다는 거야. 그들은
이 낯선 이방인을 화나게 했다가는 위험한 일을 겪을 것 같아,
백인이 요구하는 대로 해주기로 결정했지. 결국 그들은 통나무
로 된 카누 한 척을 대령했고 짐은 그 카누에 올랐지.

'제가 얼마 동안 졸고 있었던 것 같아요.' 짐이 해준 이야기
였지.

카누가 강둑에 닿자 노를 젓던 사람들은 땅 위에 내리더니
걸음아 날 살려라 도망쳤다고 하더군. 그들은 그만큼 짐이 무
서웠던 거야. 그도 본능적으로 뒤따라 내렸지.

'결국 그들은 저를 죽이지 않고 받아들였어요. 그래서 가장
잘된 게 뭔지 아세요? 말씀드리지요. 만일 그들이 저를 죽였더

라면, 결국 이곳이 손해를 봤을 거란 사실이에요.'

내가 그곳에서 그를 만난 저녁 그는 그런 말을 내게 했어. 두 봉우리 사이로는 마치 무덤에서 나온 영혼이 승천하듯, 달이 떠오르고 있었을 때였지. 모든 것은 고요했고 잠잠했어. 강물 위에 비친 달도, 마치 물웅덩이 위에 비친 달처럼 잠들어 있었어. 만조 때였고, 그 부동(不動)의 시간은 지구상에서 잊혀져 있는 그 구석진 곳의 철저한 고립 상태를 더욱 완벽하게 만들고 있었어. 여기저기 대나무로 만든 벽 안에서 붉은 불빛이 반짝였고, 그것들은 인간의 애정, 은신처, 휴식을 의미하는, 따뜻하게 살아 있는 섬광 같았어.

'이곳은 평화롭지요?' 그가 물었어.

내가 고개를 끄덕이자 그가 말을 이었지. 웅변조는 아니었지만 깊은 의미를 담고 있는 말들이었어.

'저 집들을 보세요. 저를 신뢰하지 않는 집은 하나도 없어요. 누구든 붙잡고 물어보세요. 남자건 여자건 어린아이건……. 그래요, 저는 이제 모든 게 잘됐어요.'

내가 동의의 표정을 짓자 그는 나직이 탄사를 발하더니 내 팔을 잡으며 말했어.

'그게 제게 어떤 건지 생각해보세요! 선장님은 제게 떠날 거냐고 물으셨었지요? 맙소사! 제가! 제가 떠나요? 왜요? 제가 두려워하던 게 바로 그건데요. 그건, 그건, 죽는 것보다 더 어려운 일일 거예요. 절대로, 절대로 안 떠나요! 웃지 마세요. 매일, 눈을 뜰 때마다 저는 제가 신뢰를 받고 있음을 느껴야 해요. 아시겠어요? 떠나다니요! 어디로? 무엇 때문에? 무엇을 얻으려고?'

나는 그쯤에서 그에게 스타인의 의도를 말해주었어. 그게 그 방문의 주된 목적이었거든. 스타인은 그에게 주택과 교역 상품들을 짐에게 아주 유리한 조건으로 제공하겠다고 한 거야. 그는 처음에는 콧방귀를 뀌며 핏대를 내더군.

'까탈 좀 부리지 마!' 내가 고함을 질렀지. '이건 스타인이 주는 게 아니야. 자네가 스스로 이룬 것을 받는 것일 뿐이야.'

그는 결국 받아들였어. 왜냐하면 그가 정복한 것들, 신임, 명성, 우정, 사랑 같은 것들은 그를 주인으로 만들어준 것이면서 동시에 그는 그것들의 포로가 되었기 때문이야. 그는 소유주의 눈으로 저녁의 평화로움, 강물, 집들, 숲을 바라보고 있었지만, 실은 그런 것들이 그의 마음을 사로잡고 있었던 거야."

"우리가 라자를 방문하던 날, 뜰을 천천히 거닐면서 그가 말했어.

'이곳이 바로 제가 사흘 동안 붙잡혀 있던 곳입니다. 더러운 곳이지요? 제가 먹을 것을 달라고 소란을 떨지 않으면 아무것도 안 주더군요. 갖다준다고 해야 접시에 담은 쌀밥과 아주 작은 생선 튀김이 전부였지요.'

얼마 후 우리는 이른 바 어전으로 갔지. 짐은 아주 당당하고 엄숙하게, 한때 자기를 잡아두고 있던 사람에게 경의를 표했어. 평판이 안 좋은 그 늙은 통쿠 알란, 즉 라자 알란은 두려움을 감추지 못하더군. 그는 결코 영웅이 아니었거든. 그러나 그의 태도에는 뭔가 짐을 탐내는 듯한, 짐에 대한 신임도 들어 있었어. 정말이야! 짐은 가장 미움 받아야 할 곳에서조차 신임을 받고 있었던 거야.

그들의 대화를 들으면서 나는 짐이 말로써 그들이 당면한 문제를 해결해주고 있음을 알게 되었어. 라자의 말로는 가난한 마을 사람 몇몇이 쌀과 교환하려고 고무와 밀랍을 가지고 도라민의 집으로 가는 도중, 강도들을 만나 빼앗겼다는 거야. 라자는 도라민의 짓이라며 흥분하더군. 주위에 있던 사람들도 모두 흥분해 있었어.

잠시 후 입을 연 짐은 얼마 동안 설교를 하더니, 단호하고 냉정하게 '그 누구도 자기 자신과 자식들의 식량을 정직하게 구하는 일을 방해 받아서는 안 된다'고 선언했어. 그사이 라자는 짐을 계속 노려보고 있었어. 짐이 말을 마치자 정적이 흘렀어. 아무도 감히 숨을 쉬려 하지 않는 것 같았지. 그러자 라자가 가볍게 한숨을 내쉬더니 빠르게 말하더군.

'백성들아, 들었느냐! 더 이상 이런 일이 있어서는 안 된다!'

나는 자네들에게 그가 그곳에서 얼마나 큰 신임을 받고 있으며, 어떤 식의 권위를 지니고 있는가 보여주기 위해 이 이야기를 한 거야.

돌아오면서 그는 그가 어떻게 갇혀 있던 상황에서 벗어날 수 있었는지 이야기를 해주었어. 그는 탈출을 시도하다가 붙잡히기도 했어. 그런데 그를 구해준 게 과연 무엇이었을까? 그건 바로 그의 '난 데 없는 출현' 때문이었다고 말한다면 자네들이 믿을 수 있을까? 그들은 그를 붙잡고 있었지만 그들이 붙잡고 있는 것은 유령이나 무슨 불길한 전조 같은 것이었어.

'이게 무슨 뜻일까? 이걸 어떻게 해야 할까? 그와 화해하기에는 이미 너무 늦은 것은 아닐까? 더 시간을 끌 필요 없이 죽이는 게 낫지 않을까? 하지만 죽인 다음에 무슨 일이 일어날까?'

불쌍한 늙은이 라자 알랑은 불안한 데다 마음을 정하기 어려워서 미칠 지경이었지. 그래서 밤이고 낮이고 쉬지 않고 짐을

제14장

145

어떻게 할 것인가 하는 회의가 계속되었어.

그는 그들이 회의를 하느라 정신이 없는 틈을 타서 울타리를 타넘었어. 그는 자신이 도주를 하면서 얼마나 고생했는지 장황하게 늘어놓았지만 그 이야기로 자네들을 지루하게 해줄 생각은 없어. 다만 몇 번이고 '자신은 이제 죽은 목숨이다'라는 생각이 들었다고 하더군. 그는 결국 도라민 마을로—혹은 도라민 왕국이라고 해도 되겠지—도망치는 데 성공한 거야.

그가 도라민의 집으로 거의 끌려가다시피 해서 들어갔을 때 그를 돌봐준 것은 도라민의 아내였어. 그녀는 그를 자신의 침대에 눕히고 자기 아들처럼 돌보았어.

'제가 얼마 동안이나 그렇게 누워 있었는지 모르겠어요.' 짐이 말했지.

그는 도라민의 늙은 아내를 무척 좋아하는 것 같았어. 한편 그녀도 그를 어머니가 아들 대하듯 좋아하고 있었지. 그녀는 잔주름투성이의 둥근 얼굴을 하고 있었으며 몸이 가늘었고, 숱이 많은 긴 회색머리를 하고 있었어. 실제로 내가 본 모습이야.

그녀에 비해, 도라민 노인은 마치 평원에 자리 잡고 앉은 산처럼 반듯하고 당당하게 의자에 앉아 있었어. 그는 본래 선주이면서 상인 계층 출신이었지만 사람들이 그에게 바치는 경의와 그의 풍채에서 풍기는 위엄은 아주 대단했어. 그는 파투산에서 두 번째 세력의 우두머리였어. 셀베스에서 이주해온 사람들이—그들은 부기스족이었어—몇 년 전 그를 지도자로 뽑았지. 그의 마을은 모두 예순 세대로 이루어져 있었고, 200명 정도의 단검으로 무장한 장정들을 뽑을 수 있는 규모였어. 그 부족 사람들은 영리했고 복수심도 지니고 있었지만 무엇보다도 다른 말레이 부족들보다 용기가 있었고 압제를 견디지 못했어.

그들은 라자에 대항하는 세력을 형성하고 있었어. 물론 원인은 통상(通商) 마찰이었어. 누구든 라자가 아닌 다른 사람들과 통상을 하면 그가 속한 마을이 불타고, 사내들은 라자에게 끌려가 살해되거나 고문을 당했어. 라자 알랑은 파투산의 유일한 통상인으로 자처했고, 그 독점권을 깨면 죽음만이 있을 뿐이었어. 하지만 말이 통상권일 뿐 실은 강도짓에 불과했지. 탐욕은 대개의 경우 비겁함과 맥을 같이 하잖아. 그래서 그는 부기스족들의 조직력을 두려워하고 있었지. 다만 그는 짐이 오기 전까지는 그들을 공격하지 않을 정도로 겁을 내고 있지는 않았어. 라자는 정의의 이름으로 부하들을 시켜 종종 그들을 공격하곤 했지.

그런데 짐이 도라민에게 나타났을 때의 상황은 한결 복잡했

제14장

147

어. 라자의 세력과 도라민의 세력이 한창 대립하고 있을 때 파투산에 한 아랍계 혼혈인 떠돌이가 나타난 거야. 그는 내가 알기로는 순전히 종교적 이유로 내지에 살고 있던 부족들을 선동했어. 짐은 그 부족을 부쉬족이라고 부르더군. 그의 선동을 받은 부족은 파투산의 두 봉우리 중 한쪽 정상에 요새를 만들어 정착했어. 그 부족은 양계장을 노려보는 매처럼 파투산 마을을 굽어보면서 약탈을 자행하고 있었어.

파투산의 두 세력은 그들이 둘 중 어느 쪽을 먼저 약탈할 것인지 전전긍긍하고 있었지. 라자는 그들과 은밀하게 내통을 하고 있었고. 부기스족 젊은 사람들은 셰리프 알리와—그 아랍인의 이름이었어—손을 잡고 라자 알랑을 몰아내자고 도라민에게 조언을 하고 있었지. 도라민은 겨우 그들을 가라앉히고 있었어. 그는 나이가 든 데다, 그의 영향력이 줄지는 않았다 하더라도 사태는 그의 통제에서 벗어나 있었던 거지. 바로 그런 상황에서 짐이 라자의 집에서 도망쳐 나와 도라민에게 반지를 보여주었으니, 그는 단번에 이른바 그 사회의 핵심으로 받아들여지게 된 거야."

제15장

"도라민은 내가 만난 그의 종족 사람들 중에서 가장 주목할 만한 사람이었어. 말레이인 치고 몸집이 대단히 컸지만 단순히 비대하기만 했던 것은 아니야. 그는 당당했고 품격이 있었어. 꼼짝 않고 앉아 있는 그의 몸에는 채색 비단과 황금 자수 등의 화려한 옷감으로 만든 옷이 걸쳐져 있었고, 큰 머리에는 붉은 색과 금색이 섞인 두건을 두르고 있었어. 목은 황소 같았고, 골이 파인 드넓은 이마가 오만한 눈 위에 펼쳐져 있었지. 그 모든 것이 그를 한 번 본 사람이라면 결코 잊을 수 없는 것들이었어.

그는 일단 자리를 잡고 앉으면 팔다리도 움직이지 않고 꼼짝 않고 있었는데, 마치 위엄을 과시하는 것 같았어. 그는 목소리를 단 한 번도 높인 적이 없었지만 그 중얼거림은 우렁찼으며, 마치 모습은 보이지 않은 채 멀리서 들려오는 목소리 같았어. 그는 늘 부축을 받고 자리에 앉고 일어났으며 걸을 때도 두 명의 사내가 부축을 했지만 그에게 신체적 장애가 있었던 것은 아니야. 그 모든 묵직한 동작이 어떤 강력하면서도 신중한 힘의 표현 같았지.

그에 비해 그의 부인은 그와 너무 대조를 이루고 있었어. 그녀는 몸이 가벼웠고 마른 몸매에 날쌨거든. 그런데 그들 사이에는 아주 훌륭한 젊은 아들이 한 명 있었어.

그의 이름은 다인 와리스였고, 나이는 스물네다섯쯤 되었었을 거야. 부부가 늦게 아들을 본 거지. 부모에게 그 아들은 거의 우상과 같았다고 보면 돼. 다인 와리스는 후계자라는 뜻이야.

짐이 말했어.

'다인 와리스는 제 평생 가장 좋은 친구예요. 물론 선장님은 빼놓고요. 스타인 선장님이 '전우'라고 부를 만한 친구예요. 저는 정말 운이 좋았어요. 막판에 그들 사이로 굴러들게 되었으니까요.' 그는 고개를 숙이고 잠시 생각에 잠기더니 정신을 차린 듯 덧붙이더군. '물론 가만히 누워서 행운을 받아들인 건 아니에요. 오히려……'

그는 다시 말을 멈추더니 중얼거렸어.

'그게 제게 오는 것 같았어요. 저는 제가 무엇을 해야 할 것인지 단번에 알게 되었고……'

그래, 분명 행운이 그를 찾아왔어. 그리고 그 행운은 전쟁을 통해 찾아왔어. 그에게 찾아온 권력은 평화를 이루기 위한 권력이었으니 전쟁을 통해 찾아오는 게 당연한 일이 아니겠나? 힘이 정당화될 수 있는 것은 오직 그런 의미에서일 뿐이야.

분명 그에게 기회가 왔지만 그것은 그가 찾은 것이기도 했어. 그가 그곳에 도착했을 때 부기스족 사회는 아주 위태로운 지경에 놓여 있었어.

'그들은 모두 겁을 먹고 있었어요. 제가 보기에 가만히 있다가는 라자에게건 그 떠돌이 셰리프에게건 하나씩 험한 꼴을 당할 게 뻔했어요. 그렇게 되지 않으려면 그 무언가 당장에 조치를 취해야 하는 게 분명했는데도, 그들은 겁만 먹고 있었어요.'

결국 그는 그들을 설득했고, 방법까지 생각해냈어. 그리고 그들에게 자신감을 불어넣으려고 무진 애를 썼어. 하지만 도라민의 권위와 그 아들의 불같은 정열이 뒷받침되지 않았다면 그는 실패하고 말았을 거야.

어떤 이야기인지 궁금하지? 나는 그 이야기를 짐과 걸어 다니면서 야영지에서 그에게서 들었어. 파투산의 두 봉우리 중

제15장

151

하나에 기다시피 오른 후에 그 모든 이야기를 들을 수 있었지. 짐은 파이프를 입에 물고 불을 붙이더니 이야기를 시작했어.

'모든 건 여기서 시작됐어요.'

그곳에서 약 200미터 정도 떨어진 건너편 산봉우리에는 까맣게 변한 말뚝 한 줄이 남아 있어, 셰리프 알리가 세웠던 난공불락 요새의 잔해를 을씨년스럽게 보여주고 있더군.

눈치를 챘겠지? 짐의 아이디어로 그 요새를 탈취한 거야. 그가 도라민의 낡은 대포들을 우리가 앉아 있던 봉우리 꼭대기에 설치한 거야. 오스트레일리아산(產) 낡은 놋쇠 대포였지만 건너편 정상까지 포탄을 쏘아 보낼 수가 있었어.

문제는 그 대포를 그 정상까지 끌어올리는 일이었지. 짐은 내게 밧줄을 고정했던 곳을 보여주면서 조잡하나마 케이블을 감아올리는 장치를 즉흥적으로 고안해냈다고 말하더군. 마지막 30미터가 가장 힘든 곳이었어. 도라민도 안락의자에 탄 채 사람들을 독려했다고 하더군.

'정말 놀라운 노인이었어요. 진정한 지도자였지요. 작은 눈을 부릅뜨고 무릎에는 커다란 권총을 두 자루나 놓고 있었어요. 흑단에 은장식이 되어 있는 총이었는데, 아마 스타인이 그 반지를 받은 대가로 준 총이었을 거예요. 그는 죽을 각오로 거기 그렇게 바위처럼 있었고, 저는 감동해서 전율했습니다. 우리가 그렇게 대포를 옮기는 동안 셰리프 알리가 공격을 해 왔다면 모두 죽은 목숨이었지요. 우리는 모두 목숨을 걸었고 도라민도 우리와 함께였던 거예요.

하지만 셰리프 알리는 꼼짝도 하지 않았어요. 우리를 미쳤다고 생각했는지 살펴보러 오지도 않았어요. 하기야 땀을 뻘뻘 흘리며 실제로 그 일을 하던 사람들조차 그 일이 성공하리라고는 믿지 않았으니까요. 정말이지, 그들은 믿은 것 같지 않아요.'

그 역사적인 언덕 정상에서 나는 햇빛을 맞으며 그와 함께 있었어. 그는 숲과 저 영원한 어둠과 저 오래된 인류들을 지배하고 있었어. 그는 마치 주춧돌 위에 놓인 조상(彫像)처럼 영원한 젊음을 간직한 채 거기 서서 결코 늙지 않는 종족, 어둠으로부터 빠져 나온 종족의 힘, 혹은 미덕을 대표하고 있는 것 같았어."

"그가 초자연적인 존재라는 전설이 어느새 나돌기 시작했어. 밧줄을 교묘하게 이용해서 신기하게 생긴 장치를 돌리니까, 대포가 덤불 속을 파헤치며 서서히 올라가는 걸 보고, 그곳 사람들은 무슨 신비스러운 힘을 보는 것 같았을 거야. 짐이 사물들 속에 들어 있는 힘을 다스릴 줄 아는 사람으로 여겨진 거지.

제15장

153

대포 설치가 끝나자 그는 전에 전투를 경험한 적이 있는 노련한 두 명의 부기스족 사람들에게 대포를 맡기고 골짜기에 숨어 있던 다인 와리스의 부대와 합류했어. 그는 다인 와리스 곁에 누워 일출을 기다리고 있었지.

'우리는 서로 쳐다보고 있었지요. 그는 밝은 미소를 짓고 있었어요. 저는 결과에 대해서는 상관하지 않았어요. 어쨌든 그 언덕 정상까지 올라가게 되어 있었어요. 되돌아갈 수는 없는 일이었어요. 모두들 저를 신뢰하고 있었으니까요.'

이윽고 수풀 위로 첫 햇살이 비치자 포성이 울렸고, 언덕 정상에 하얀 연기가 피어올랐어. 방책에 제일 먼저 도착해 손을 댄 것은 짐과 다인 와리스였어. 항간에는 짐이 방책에 손을 대기만 했는데 방책이 무너졌다는 소문이 떠돌고 있었지만 짐은 절대 그렇지 않다고 했어. 셰리프 알리는 방심을 하고 있었기에 방책이 너무 허술하게 세워져 있었던 거야.

짐은 방책을 밀치고 안으로 들어갔어. 그때, 다인 와리스가 아니었다면 그는 그곳에 숨어 있던 녀석의 창에 찔려 마치 스타인의 딱정벌레 같은 신세가 되었을 거야. 그들의 뒤를 짐의 하인이었던 탐 이탐이 뒤따랐어. 북쪽에서 온 말레이인 이방인인데, 어쩌다 이곳에 흘러들어왔다가 라자 알랑에게 붙들려서 그의 보트의 노를 저으며 지내던 친구였지. 그는 기회를 틈타서 그곳에서 도망친 후, 부기스 촌에서 불안정한 피신 생활을 하고 있다가 짐을 모시게 된 거야. 그는 검은 얼굴에 노기를 띤 불거진 눈을 하고 있었지. 그는 광적이다 싶을 정도로 짐에게 헌신했어. 마치 그림자처럼 그의 곁을 지킨 거야. 짐이 그를 자기가 거느리는 부대의 우두머리로 삼자 파투산 사람들은 모두 그를 존중하고 환심을 사려 했지.

전투의 결과는 완벽한 승리였어. 적은 궤멸되었지. 짐은 자기가 거둔 승전의 효과에 대해 참으로 굉장한 효과였다고 말했어. 그 승전은 그를 갈등으로부터 평화로 인도했어. 그리고 사람들의 가장 깊숙한 내면생활로 들어갈 수 있게 해준 거야.

'그건 정말…… 정말 대단했어요.' 그는 두 팔을 활짝 펼치며 큰 소리로 외쳤어. 나는 그의 갑작스러운 동작에 깜짝 놀랐어. 그건 마치, 그가 그의 가슴속 비밀을 햇빛과 사색에 잠긴 듯한 숲과 강철 같은 바다를 향해 드러내 놓는 모습을 보는 것 같았거든.

그는 마치 스스로에게 다짐하듯 '대단했어요!'라는 말을 세 번 반복해 속삭였어.

정말 대단했어! 틀림없이 대단했어. 자기가 언약한 것이 성공했음을 증명해주고 있었으며, 자신의 발바닥을 디딜 땅을 정복한 것을 의미했으니! 그를 향한 사람들의 맹목적인 신뢰, 불길 속에서 건져낸 자기 자신에 대한 믿음을 보여주고 있었으니. 그리고 그 모든 것은 철저한 고립 속에서 성취된 것이었으니!

　이 모든 것을 말로 전하려니 그 뜻이 축소되어 버리는군. 그가 처하고 있던 총체적이고도 철저한 고립에 대해 말로 전하는 것은 거의 불가능해.

　물론 나는 그가 그곳에서 유일한 백인이었음을 알고 있어. 하지만 본성적으로 그가 지니고 있던 놀라운 특질들 때문에 그가 고립되어 있다는 사실은 그의 힘을 더 강화하는 쪽으로만 작용했어. 그의 고독은 그의 위상을 더 높여주었어. 그의 주변에는 그와 비교할 만한 게 아무것도 없었어. 그는 명성의 위대함으로만 잴 수 있는 단 한 명의 예외적 인간이었을 뿐이야. 그의 명성은 그곳 전역에 걸쳐 위세를 떨치고 있었어. 그곳에서 그의 말은 진리로 통하고 있었어. 그 명성은 저 오지에까지 뻗쳐 나갔고, 우리들 곁을 끊임없이 떠돌기도 했으며, 그것을 속삭이는 사람들의 입술을 경이와 신비로 물들이기도 했어."

제16장

"패배한 셰리프 알리는 더 이상 버티지 못하고 그곳으로부터 도망쳤어. 짐이 그의 요새를 함락했다는 소식을 듣자, 퉁크 알랑은 두려움에 떨었어. 그는 파투산에서 쫓겨나서 버림받은 채 헤매다가 길에서 마주치는 사람에게 살해되는 자신의 모습을 마음속으로 그리며 자기 집에 처박혀 꼼짝도 하지 않고 신음 소리만 내고 있었지. '셰리프 알리 같은 자가 당했으니 다음은 내 차례일 거야. 도대체 그런 악마 같은 자를 누가 당해낼 수 있겠나?'라는 게 그의 생각이었을 거야.

하지만 앞서 얘기했듯이 내가 파투산에 찾아갔을 때 그는 목숨을 부지했음은 물론이고 권위도 여전히 지니고 있었어. 그건 오로지 정당성에 대한 짐의 소신 덕분이었지. 부기스족은 알랑에게 원한을 갚길 원했고 냉정한 도라민도 자기 아들이 파투산의 지도자가 되는 걸 보았으면 하는 희망을 품고 있었어. 도라민은 투안 짐의 지혜를 무한히 신뢰한다며, 내게 딱 한 가지 약속만 받아내 달라고 부탁하기까지 했어. 도라민은 나라의 장래를 걱정하고 있었고, 그의 걱정에는 일리가 있었어. 도라민은 대지는 신이 만들어 놓은 그대로 남아 있지만 백인은 자기들에게 왔다가 얼마 후 떠나버린다는 거야. 나는 나도 모르게 황급히 대답했어.

'아닙니다. 그는 결코 떠나지 않아요.'

도라민은 그것 참 좋은 일이라며 그 이유를 알고 싶어 하더군. 그러자 건너편에 조용히 앉아 덧창 밖을 내다보던 그의 처가 짐 같은 젊은이가 고국을 떠나 그토록 머나먼 곳에서 위험을 겪고 있는 이유가 뭐냐고 내게 묻더군.

나는 대답할 준비가 전혀 되어 있지 않았어. 내가 파투산에서 보낸 마지막 날 밤에 나는 짐의 운명에 대한, 그 대답할 수 없는 질문에 다시 직면한 거야. 이야기가 여기까지 왔으니 짐의 사랑 이야기를 할 수밖에 없겠군."

"하긴 짐의 사랑은 흔히 생각하듯 이야기하기가 그렇게 쉽지 않아. 겉으로 보기에는 다른 사랑 이야기들과 아주 비슷하지. 어쨌든 그 배경에는 한 우울한 여성이 있어. 그녀는 그 간악한 코넬리우스의 의붓딸이었어. 세상을 떠난 코넬리우스의 아내는 일생 동안 자기 딸을 제외하고는 말벗이나 친구가 없었지. 그녀가 딸의 생부와 헤어진 후에 어떻게 말라카 출신의 포르투갈인인 코넬리우스와 재혼하게 되었는지, 그녀의 전 남편이 어떻게 해서 죽게 되었는지 나는 아는 게 전혀 없어. 단지 스타인이 해준 이야기 덕분에 그녀 부친이 고위직을 지낸 백인이었고, 그의 부인은 지혜로운 여성이었다는 것뿐이야.

그녀의 딸은 모든 지혜를 오로지 어머니와의 대화를 통해 물려받았어. 두 모녀는 세상살이 이야기, 사실 이야기보다는 깊은 내면의 감정, 회한, 두려움, 경고(警告) 같은 것에 대한 이야기를 나누었음에 틀림없어. 딸은 어머니가 죽을 때까지는 그 경고의 의미를 완전히 이해할 수 없었고, 바로 그때 짐이 나타난 거야.

짐은 그녀를 '주얼'이라고 불렀어. 그녀가 그에게 귀한 보석 같았기 때문이야. 예쁘지 않은가? 내가 그의 집 뜰에 들어선 지 10분도 되지 않아 나는 그 이름을 처음으로 들을 수 있었어. 그는 계단을 뛰어오르며 소년처럼 즐겁게 법석을 떨면서 외쳤어.

'주얼, 오, 주얼! 빨리 나와봐. 내 친구 한 분이 오셨어!'

제16장

159

그는 컴컴한 베란다에서 나를 똑바로 바라보며 열심히 중얼대더군.

'있잖아요…… 무슨 실없는 짓 하는 거 아니에요……. 제가 그녀에게 얼마나 큰 걸 빚지고 있는지 말로는 설명할 수 없을 정도예요. 저기, 저는 정말……'

그의 다급하면서도 애타는 듯한 중얼거림은 집 안에서 하얀 모습이 어른거리며 놀라는 소리가 들리자 중단되었어. 안에서 아이티가 나지만 힘이 넘치는 듯한 작은 얼굴, 이목구비가 섬세한 얼굴이 주의 깊은 눈으로 어두운 방 안에서 밖을 내다보고 있었어. 마치 깊은 둥지 속에서 밖을 내다보는 새 같았지. 그녀는 그에게 정말 에메랄드와 같은 보석이었고, 사람들은 그녀가 자신의 가슴에 그가 준 신비로운 보석을 지니고 다닌다고 쑥덕거리곤 했어."

"나는 짐 부부의 저녁 산책에 몇 번인가 함께 했어. 이제 보니 나는 그녀를 대체로 자세하게 살펴보지는 않은 것 같아. 내가 제대로 기억하는 것은 고른 올리브색으로 파리했던 그녀의 안색, 예쁘장한 머리 뒤쪽에 쓰고 다니던 작은 진홍색 모자 아래로 흐드러지게 흘러내리던 짙은 청색의 머릿결뿐이야.

그녀의 태도에는 수줍음과 대담함이 기묘하게 뒤섞여 있었어. 예쁜 미소를 짓다가도 이내 억누르고 있던 불안한 기색이 뒤따르곤 했어. 짐과 내가 이야기를 나눌 때면 그녀는 마치 우리들 입에서 나오는 낱말 하나하나가 무슨 형상이라도 띠고 있는 듯, 그녀의 크고 맑은 눈을 우리들 입에서 떼지 않았어.

그녀의 애정은 마치 날갯짓을 하듯 짐의 머리 위에서 퍼덕이고 있었어. 그녀는 철저히 그가 보는 앞에서만 살았기 때문에, 그녀의 외모나 동작에서는 짐을 상기시키는 데가 있을 정도였어. 하지만 그녀의 사랑에는 질투심이 섞여 있었어. 나는 그녀가 무엇을, 왜 질투했는지는 말해줄 수가 없어. 다만 그녀는 그 땅, 그 땅의 백성들, 숲들과 공범자가 되어, 그를 경계하고 그와 격리된 채 그를 신비스럽게 여기며, 그를 소유하되 정복할 수 없는 태도로 그를 대하고 있었던 거야. 말하자면 그는 자신의 힘이라고 하는 자유 속에 갇혀 있었고, 그녀는 그를 위해서라면 기꺼이 발판이 될 용의가 있으면서도 마치 자기가 정복한 남자를 자신이 간수할 수 없다는 것처럼, 그 남자를 지키고 있었던 거야.

우리가 외출할 때면 탐 이탐이 마치 술탄의 호위병처럼 단검, 도끼, 창으로 무장하고 주인의 뒤를 따랐어. 그는 타협이라고는 모르는 보호자의 모습이었으며, 자기가 사로잡고 있는 사람을 지키기 위해서는 목숨까지도 버릴 각오가 되어 있는 사납고 헌신적인 간수처럼 보였어. 그는 말 그대로 늘 그림자처럼 짐의 곁을 지키고 있었지만 입을 여는 것은 본 적이 없었어. 짐이 왜 말을 않느냐고 따지듯 물어서야 겨우 간헐적인 말 몇 마디를 끌어낼 수 있을 뿐이었어. 마치 말을 한다는 것은 자기와는 아무 상관없는 일이라고 여기는 것 같았지.

내가 들었던 그의 가장 긴 말은 어느 날 아침 그가 손으로 뜰을 가리키며 '저기 나사렛 사람이 오네요'라고 한 것이 고작이었어. 그가 나사렛 사람이라고 말한 것은 바로 코넬리우스였어.

코넬리우스는 정말 사람 입맛 떨어지게 하는 요소란 요소는 모두 지닌 인물이었지. 아무리 똑바로 걸어도 비스듬히 걷는 것 같았고, 허리를 펴고 걸어도 몰래 살금살금 걷는 것 같았어.

코넬리우스 이야기를 하자니, 짐이 파투산에 도착한 지 얼마 되지 않아 도라민 지역을 떠났었다는 걸 알아두어야겠군. 물론 그 유명한 전쟁이 있기 오래전 일이야. 그의 의무감이 동기였지. 스타인의 사업을 돌보아야 하지 않겠느냐는 거였어. 그 목적을 이루기 위해 그는 자신의 안전을 무시하고 강을 건너가 코넬리우스의 집에 거처를 정한 거야. 그 격동기에 코넬리우스가 어떻게 무사히 생존하고 있었는지 자세히는 알 수 없어. 어쨌든 스타인의 대리인 자격을 지니고 있었으니, 도라민이 어느 정도 보호는 해주었을 거야.

그는 정말 비열한 인간이었어. 그는 근본적으로도 비열했고 외모도 비열했어. 그의 모든 행위, 열정, 감정 속에는 비열함이 흐르고 있었어. 그는 비열하게 화를 냈고, 비열하게 웃었으며, 비열하게 슬퍼했어. 예절을 차릴 때도 비열했고, 그 무엇보다 애정이 제일 비열했으리라고 생각해. 혐오스러운 곤충이 고결한 사랑에 빠지는 모습을 우리가 상상할 수 있을까?

짐은 그를 혐오하고 있었어.

'망할 녀석! 정말 망할 녀석이지요. 아침저녁 내 손을 잡고 반갑게 흔들어대더군요. 하지만 식사도 제대로 내놓지 않았어요. 이틀에 세 끼 먹으면 잘 먹은 거지요. 그런데도 매주 숙식비로 10달러 계산서를 내놓더라고요. 스타인 씨가 설마 공짜로 숙식을 제공하게 하지는 않았을 거라면서요.

그뿐 아니에요. 지난 3년 동안 스타인 씨가 자신에게 빚을 지게 되었다고 열심히 설명하더군요. 하지만 회계 장부는 찢어졌거나 아예 있지도 않았어요. 그리고 그 모든 잘못을 고인이 된 자기 처의 탓으로 돌렸어요. 아주 고약한 악당이지요. 저는

제16장

163

그에게 고인은 좀 들먹이지 말라고 했습니다. 고인 이야기가 나올 때마다 주얼이 눈물을 흘렸기 때문이에요.

저는 그가 어딘가에 많은 돈을 묻어두었으리라고 확신해요. 하지만 그에 대해서는 아무것도 알아낼 수 없었지요.

그 더러운 집에서 저는 한동안 정말 비참한 생활을 했습니다. 저는 어떻게 해서든 스타인이 부여한 임무를 수행하려 했지요. 하지만 아무것도 할 수 없었어요. 제가 그곳에 있는 동안 라자가 저를 죽일 것이라는 소문이 돌더군요. 참 재미있지요? 그가 정말 그런 마음을 먹었다면 아무것도 그를 막을 수는 없었을 거예요. 하지만 가장 최악인 것은, 스타인 씨나 저 자신을 위해 아무 일도 할 수 없다는 생각을 떨칠 수가 없었다는 점이었습니다. 아, 정말 끔찍했어요. 꼬박 6주일을 그렇게 지냈으니…….'"

제17장

"그가 그곳에 왜 그렇게 오래 머물러 있었는지는 짐작하겠지? 그는 왜 그랬는지 알 수 없다고 했지만 실은 아무런 보호도 받지 못한 채 그 '야비하고 비겁한 악당'에게 붙잡혀 있던 소녀를 깊이 동정하고 있었던 거야. 코넬리우스는 그녀를 학대만 하지 않았을 뿐, 끔찍한 삶을 살게 했던 것 같아. 그가 그녀를 학대하지 않은 것은 그럴 만한 배포가 없었기 때문일 거야. 그는 그녀에게 자기를 아버지라 부르라고 강요하고 있었어. 그것도 존경심을 가져야 한다고, 그녀 얼굴 앞에서 작고 핏기 없는 주먹을 휘두르며 소리 질렀지.

'나는 훌륭한 사람이야. 그런데 도대체 너는 뭐야? 네가 뭔지 말해봐. 내가 다른 사람의 자식을 키워주면서 존경도 받지 말아야 한다고 생각하니? 내가 아버지라고 부르는 걸 허락해 주는 걸 고맙게 여겨야 해. 자, 말해봐, 아버지라고. 싫다고? ……어디 두고 보자.'

그런 후 그는 죽은 여인을 욕하기 시작했고 그녀는 두 손으로 머리를 감싼 채 도망갔지. 그는 악착같이 그녀 뒤를 쫓아가며 반 시간 이상 죽은 여인에 대한 욕설을 퍼부었어.

스타인이 보내온 상품들을 교묘하게 착복했겠다, 그 불쌍한 여자애를 욕보이겠다, 짐은 그를 죽도록 패주고 싶었을 거야.

보다 못한 짐이 한 번은 그녀에게 이렇게 말했어.

'내가 저 사람이 이런 짓을 못하게 할 수도 있어. 그러니까 내게 말만 해.'

그녀가 뭐라고 대답했는지 알아? 코넬리우스도 정말로 불쌍한 사람이다, 만일 그렇지 않았다면 벌써 자기 손으로 죽였을 거라고 대답했대. 짐은 아주 인상적인 어조로 그녀의 말을 내게 들려주었어. 짐이 말했지.

'생각해보세요! 아직 어린아이와 다름없는 그녀 입에서 그런 말이 나올 정도였으니!'

그는 양심에 찔려 그곳을 떠날 수 없다고 했어. 그곳을 떠나는 것은 그녀를 버리는 것처럼 보였을 거라고도 했어. 그는 서서히 자신에게 위협이 다가오고 있음을 느끼면서도 그곳을 떠날 수 없었다고 하더군.

도라민은 두 번이나 그에게 심부름꾼을 보내서 강을 건너오라고 전했어. 만일 그러지 않는다면 그의 안전을 위해 자기가 손을 쓸 수가 없다고 했지. 그리고 그의 친구를 자처하는 사람들이, 그를 살해하려는 온갖 음모가 진행되고 있다고 알리기도 했어.

그러던 어느 날 밤, 코넬리우스가 짐에게 은밀한 제안을 했어. 자신에게 100달러를 내면, 아니 80달러만 내면 믿음직한 사람을 시켜 짐이 안전하게 강을 건널 수 있게 해주겠다는 것이었어. 그날 밤 짐은 오만 가지 생각에 한숨도 잠을 이루지 못했어. 그 비열한 코넬리우스가 그런 제안을 하는 걸 보면 자기가 위험에 처한 건 사실임에 틀림없었지.

그는 대나무로 된 마루에 깔린 얇은 매트에 누워 주의를 기울인 채, 조금은 한가하게 누워 있었어. 그때 갑자기 지붕에 난 구멍을 통해 별이 하나 반짝이는 걸 볼 수 있었지. 이런저런 생각으로 머릿속이 복잡했지만, 그가 셰리프 알리를 제압할 계획이 세워진 것은 바로 그날 밤이었대. 스타인의 사업을 조사하면서 틈틈이 생각을 해오긴 했지만, 구체적인 진압 계획은 그

제17장

167

날 밤 갑자기 떠올랐다는 거야. 바로 대포를 산꼭대기까지 밀어 올리자는 계획이었지.

그날 밤 그는 더 이상 잠을 이룰 수 없었어. 그는 벌떡 일어나서 맨발로 베란다로 나갔지. 그러다 그 소녀와 마주치게 된 거야. 그녀는 마치 망을 보듯, 벽에 기대어 서 있었다고 하더군. 그는 자기의 새로운 계획에 흥분해 있던 터라, 자기 생각을 그녀에게 말해주었어. 그녀는 그의 말을 듣더니 가볍게 손뼉을 치며 그것 참 좋은 생각이라고 조용히 속삭였대. 하지만 여전히 주변을 경계하는 듯한 눈초리였어.

짐이 열심히 계획을 설명하고 있을 때였어. 그녀가 그의 팔을 지긋이 한 번 누르더니 일순간에 그의 곁에서 사라졌어. 그러자 코넬리우스가 갑자기 나타났어. 그는 베란다에 서 있는 짐의 모습을 보더니 매우 당황했다고 하더군. 그러고는 '어부들이 물고기를 팔겠다고 해서⋯⋯'라며 우물거렸다는 거야. 도대체 새벽 2시에 누가 물고기를 팔러 오겠나?

하지만 짐은 너무 여러 가지 생각에 잠겨 있었기에 별로 이상하게 생각하지도 않고, 다시 잠자리에 누웠어. 잠이 쉽게 들 리 없었지. 그런데 얼마 후 살금살금 그의 방을 향해 걸어오는 발소리가 들리더래. 그러고는 벽을 통해 떨리는 목소리가 들렸어.

'자네, 자는가?'

'아뇨, 왜 그러세요?' 짐이 재빨리 대답하자 물어본 사람은 놀란 듯 아무 말이 없었대. 짐이 방 밖으로 뛰쳐나오자 멀리 황급히 도망가는 코넬리우스의 모습을 볼 수 있었고……. 자네들도 짐작했겠지만 코넬리우스에게는 뭔가 목적이 있었던 거야.

짐은 화가 났지만 다시 방으로 들어와 잠을 청했어. 웬일인지 잠을 푹 잘 수 있었다고 하더군. 그렇게 단잠을 잔 게 아마 몇 주일 만이라고 했어. 나와 함께 그의 이야기를 듣고 있던 주얼이 말하더군.

'하지만 저는 자지 않고 있었어요. 저는 감시하고 있었지요.'

그녀는 큰 눈을 반짝이며 내 얼굴을 열심히 쳐다보더군."

"다음 날 아침 코넬리우스는 짐에게 어젯밤 일에 대해 일언반구도 없었어. 짐은 도라민 마을로 가기 위해 카누에 올라탔지. 자기에게 떠오른 계획을 그들에게 설득하기 위해서 도라민 마을에 다녀오기로 작정한 거였어.

짐은 그날 부기스족 원로들을 달변으로 설득하던 일을 신이 나서 이야기해주더군. 설득은 성공했지. 부기스족 사람들은 그의 계획을 반드시 행동에 옮기겠다고 약속했고, 짐은 그 성패의 책임을 자신이 모두 떠맡겠다고 했어.

짐은 다시 강을 건너 코넬리우스의 집으로 갔지. 기분도 좋은 데다 마음도 가벼워진 그는 코넬리우스를 보고 아주 정중하게 대했대. 하지만 코넬리우스는 뭔가 당황하는 기색이 역력했다고 하더군. 짐은 일찍 잠자리에 들었어. 그가 코넬리우스에게 잘 자라는 인사를 하고 자리에서 일어났을 때 그가 멍하니 겁먹은 얼굴로 짐을 바라보는 것을 보고 짐이 물었어.

'어디가 불편하세요?'

'응, 배가 좀 아파서.'

짐은 코넬리우스가 거짓말을 한 게 아니라고 말하더군. 짐의 말이 맞다면 그건 그가 완벽하게 냉혹한 인간은 아니라는 증거이기도 했어. 그는 자신이 마음먹고 있는 일을 아무렇지도 않게 해치울 수 있는 위인이 못 된다는 증거이니, 그에 합당한 대접은 해주어야 했을 거야."

"그가 막 잠을 이루려던 참이었어. 그의 귀에 꿈결에서처럼 '일어나세요! 일어나세요!'라는 외침이 들려왔어. 그가 눈을 뜨니 걱정스러운 얼굴이 그를 내려다보고 있었어. 순간 그는 소녀의 얼굴을 알아보았어. 그녀는 횃불을 쳐들고 그에게 계속 일어나라고 재촉하고 있었어.

그는 벌떡 일어났어. 그가 일어나자 그녀는 그의 손에 권총을 쥐어주었어. 그가 침상 곁 못에 걸어두었던 권총이고, 장전이 되어 있었어. 그는 영문도 모르는 채 권총을 움켜잡았어.

그녀가 그에게 물었어.

'이걸로 네 명의 사내를 상대할 수 있어요?'

그는 잠이 덜 깬 상태였지만 대답했어.

'물론이지, 상대할 수 있고말고. 자, 말해봐.'

그녀는 아무 말 없이 방을 나섰고 그는 그녀의 뒤를 따랐어.

그녀는 그를 밖으로 데리고 가면서 낮게 속삭였어.

'주무시는 동안 습격을 받게 되어 있었어요.'

짐은 그녀의 뒤를 따라 뜰로 들어섰어. 사방은 어두웠고 머리 위에서 별들이 반짝이고 있었지. 짐은 강으로부터 시원한 바람이 불어오던 그날 밤을 아주 아름다운 밤이라고 했어. 짐에게는 그날 밤, 그 모든 것들이 정겹고 아름답게 느껴졌던 것 같아.

자네들, 내가 지금 자네들에게 하고 있는 이야기는 사랑 이야기라는 것을 잊지 말게나. 사랑스러운 밤이 그들에게 부드러운 애무의 숨결을 보내는 것 같았어.

소녀가 속삭였어.

'사내들이 창고에서 기다리고 있어요. 신호를 기다리고 있는 거예요.'

'누가 신호를 주는 건데?'

그녀가 횃불을 흔들자, 불똥이 떨어지며 횃불이 훨훨 타올랐지. 그녀는 중얼거리듯 말했어.

'그런데 당신만 계속 주무시고 계셨어요. 저는 당신이 주무시는 걸 지켜보고 있었어요.'

'네가!' 짐이 소리쳤어.

'오늘만 지켜본 줄 아세요?'

그녀의 목소리에는 일종의 절망감이 깃든 노여움이 섞여 있었지.

짐은 가슴에 한 대 맞은 기분이었다고 했지. 그는 숨을 헐떡였어. 그는 자신이 얼마나 바보 같았는가 생각했고, 후회하면서 감동을 받았고, 행복과 환희를 동시에 느꼈지. 여기서 이 이야기는 사랑 이야기임을 다시 한 번 상기시켜야 하겠어. 그들이 얼마나 바보 같은 행동을 했는가를 보면 그것을 알 수 있을 거야. 물론 우리를 불쾌하게 만드는 그런 어리석음이 아니야. 그들은 바보같이 횃불을 환하게 밝히고 마치 거기 숨어 있는 암

살자들에게 자신들의 존재를 알려주려는 듯, 창고 안으로 들어 간 거야. 만일 셰리프 알리의 밀정들이 한 푼어치의 기백이라 도 갖추고 있었다면 바로 그때가 공격을 감행해야 할 때였어.

그때 짐은 풀이 바스락거리는 소리를 들었어. 짐이 그쪽으로 다가가자 희미한 형체 하나가 어둠 속으로 재빨리 사라지는 모 습이 보였지. 코넬리우스였어. 짐이 그의 이름을 불렀지만 그는 뒤도 돌아보지 않았어.

소녀는 짐에게 도망가라고 말했지만 짐은 창고로 다가가 난 폭하게 문을 밀었어. 처음에는 아무것도 보이지 않았지. 잔뜩 긴장하고 있던 짐은 잠시 속은 기분이었다더군. 그때 매트 더 미 속에 숨어 있던 두 눈과 짐의 눈이 마주쳤어. 짐의 눈과 마 주치자 그가 벌떡 일어나더니 짐에게 덤벼들었어. 손에서는 칼 날이 번득였지. 짐은 그가 다가오길 기다렸다가 침착하게 총을 발사했지. 총알은 놈의 입을 맞춘 후 두개골을 뚫고 날아갔어.

그러자 한구석에서 다른 놈 하나가 모습을 드러내더니 무릎 을 꿇었다더군.

'살고 싶으냐.' 짐이 물었지만 상대방은 아무 대답도 안 했어. 짐이 재차 물었지.

'몇 놈이 더 있느냐?'

'둘입니다.'

그러자 매트 아래서 두 놈이 더 기어 나오더니 빈손을 앞으로 내밀며 빌더라는 거야.

짐은 그들을 밖으로 데리고 나간 후 그들에게 말했어.

'셰리프 알리에게 전하라. 내가 나중에 찾아갈 것이다.'

그들은 물속으로 텀벙 뛰어들었어. 그들이 내는 물소리가 멀어지자 짐은 어느새 가까이 와서 지켜보고 있던 소녀를 향했어. 심장이 갑자기 부풀어 올라 가슴을 온통 다 채우는 것 같아 목이 메는 것 같았대. 그가 오랫동안 말없이 서 있었던 것도 그 때문일 거야.

그녀는 횃불을 강물로 던졌어. 횃불이 피시식 하며 꺼지자 부드러운 별빛이 두 사람 위로 거리낌 없이 쏟아졌지.

그가 입을 열 수 있게 되었을 때 무슨 말부터 했는지는 내게 말해주지 않더군. 분명 달변은 아니었을 거야. 세상은 고요했고 밤이, 애정을 그 안에 담기 위해 창조된 것 같은 그런 밤이 그들에게 숨결을 보내고 있었을 테니까. 마치 어두운 곳에 갇혀 있다 풀려 나오듯, 우리의 영혼이 오묘한 감성으로 타오르는 순간이 있을 수 있고, 그럴 때면 침묵이 웅변보다 더 명료하게 모든 것을 보여줄 수 있는 법이거든.

짐은 소녀에 대해 이렇게 말했어.

'그녀는 어느 정도 기진해 있는 것 같았어요. 그래요, 흥분한 것 같기도 했고요. 이루 말할 수 없이 지쳐 있었을 거예요……. 그 모든 일들…… 게다가, 젠장…… 그녀는 저를 좋아하고 있었어요. 저도 마찬가지로…… 물론, 모르고 있었지만…… 그런 생각은 조금도…….'

그는 자리에서 일어서더니 좀 흥분해서 걷기 시작했어. 그가 다시 말하더군.

'저는…… 저는…… 정말 그녀를 사랑합니다. 말할 수 없을 정도로요. 정말 아무도 말로 할 수는 없어요. 그녀가 그동안 어떻게 살아왔는지를 생각해보세요. 정말 너무 끔찍했지요. 제가 이곳에서 이렇게 그녀를 만난 건 마치 산책을 나갔다가 어떤 어둡고 외진 곳에서 물에 빠져 죽어가는 사람을 만난 것과 같아요. 그래요! 더 이상 시간을 끌 수 없었어요. 그래요, 그건 신뢰이기도 했어요……. 나는 그걸 감당할 수 있다고 믿어요.'

아, 내가 잊은 게 있군. 얼마 전부터 그녀가 슬쩍 자리를 비켜주어서 나는 짐과 단둘이 이야기를 나누고 있었던 거야. 그가 말했어.

'저는 이곳에 2년밖에 있지 않았어요. 그런데 이제는 정말이지, 다른 곳에서 산다는 생각은 할 수조차 없어요. 다른 곳은 생각만 해도 겁이 나거든요. 왜냐하면…… 왜냐하면…… 제가 왜 이곳에 왔는지 잊지 않고 있기 때문이에요.'

그가 거닐며 이야기를 나누는 사이, 강과 하늘이 점점 더 어두워지던 것을 나는 또렷이 기억하고 있어.

그가 말을 이었어.

'정말이지, 그걸 끝낼 수만 있다면……. 뇌리를 떠나지 않는 그 일을 끝장낼 수만 있다면…… 잊어버린다……. 아아, 그럴 수만 있다면…….'

해가 지자 어둠이 바람을 타고 우리에게 몰려온 것 같았어. 산울타리 밖, 길 한가운데서 탐 이탐이 경계를 서고 있었지. 짐이 탐 이탐을 데리고 야간 순찰을 나서자 나는 혼자서 집으로 올라갔는데, 도중에 뜻밖에도 여인과 마주쳤어. 그녀가 나를 기다리고 있던 게 분명했지.

나를 보고 있던 그 커다란 눈에는 희미한 동요의 빛이 감도는 것 같았어. 그녀는 내 팔을 꽉 잡더니 내가 걸음을 멈추자 서둘러 손을 빼더군. 그녀는 나를 경계하고 있었던 게 분명해. 뭘 경계하느냐고? 나는 그녀가 알지 못하는 미지의 세계에 속해 있었고, 언제고 짐을 돌려달라고 주장할 수 있는 사람으로 보였거든. 내가 말 한 마디만 하면 짐을 그녀의 품에서 빼내갈 수 있는 사람으로 보인 거지.

그녀의 몸은 바람 속에 가느다란 나무처럼 떨리고 있었어. 고개를 떨어뜨리고 있었기에 그녀의 표정을 볼 수 없었고, 그 눈에 감도는 어둠의 깊이도 헤아리기 어려웠어. 그녀는 두 손으로 머리를 감싼 채 말없이 그렇게 서 있었어.”

제18장

"나는 엄청나게 감명 받았어. 그녀의 젊음, 그녀의 무지, 야생화 같은 단순한 매력과 섬세한 생명력을 지닌 그녀의 미모, 그녀의 비장한 호소, 그녀의 무력함 등이 그녀의 두려움과 함께 내게 호소해왔기 때문이야. 우리 모두가 그렇듯이 그녀는 미지의 세계를 두려워하고 있었고, 그녀가 그곳 외에는 경험한 적이 없었기에 미지의 세계는 무한정 넓어 보였던 거야.

그녀에게 나는 그 미지의 세계를 대표하고 있는 사람이었어.

나는 그녀에게 그를 데려가려고 이곳에 찾아온 게 아니라고 말했어. 그러자 그녀는 그렇다면 무엇 하러 이곳에 왔느냐고 묻더군. 나는 우정과 사업에 대해 그녀에게 힘들여 간단하게 설명했어. 그리고 내가 바라는 것이 있다면 짐이 파투산에 머무는 것이라고 했지.

그러자 그녀가 중얼거렸어.

'그분도 제게 그러겠다고 맹세했지요.'

내가 물었어.

'그에게 그걸 물어보았나요?'

'아뇨. 물어본 적 없어요.' 그녀는 내게 한 발자국 더 다가오며 말하더군.

그녀는 대신 그에게 떠나라고 했다는 거야. 그가 암살범 중한 명을 죽이던 날, 그녀가 강물에 횃불을 던져버린 다음이었대. 그녀는 그를 위험 속에 방치해 놓고 싶지 않았던 거야. 그때 그는 절대로 그럴 수 없다고 말했다는 거야.

그녀가 짐에게 그런 말을 했을 때, 그녀에게는 아무런 이기심이 없었어. 그녀는 무의식적으로 자신의 목숨도 걱정하고 있었겠지. 하지만 그녀가 무엇보다 염려한 것은 짐의 안전이었어.

짐은 그녀를 일으켜 세웠지. 그가 그녀를 일으켜 세우자 더 이상 그녀에게 갈등은 사라지고 없었어. 당연한 일이었지. 굳센 팔과 부드러운 목소리, 그녀의 가엾고 외로운 머리를 기댈 건장한 어깨가 거기 있었던 거야. 그녀의 아픈 마음, 그녀의 방황하는 마음에는 바로 그것이, 그 모든 것이 필요했던 거야. 무한히 필요했던 거지. 그건 누구나 이해할 수 있는 것 아니겠나? 그녀는 그렇게 그의 부축을 받아 그에게 기댈 수 있게 되면서 행복했던 거야.

그들은 삶의 재앙이라는 그림자 아래서, 마치 유령이 출몰하는 폐허에서 사랑을 맹세하는 기사와 처녀처럼 함께 걸어 나온 거야. 그런 이야기에는 별빛만으로도 충분했어. 그 빛은 너무 희미하고 너무 멀어서, 그림자 모양을 만든다든지 강 건너편 기슭을 보여줄 수 없었지.

이튿날 나는 그곳을 떠났어. 하지만 조용히 속삭이던 그녀의 목소리는 잊을 수 없어.

'우리가 단둘이 거기 서 있었을 때 짐이 결코 나를 떠나지 않겠다고 맹세했어요. 내게 맹세했어요!'

나는 그녀에게 물었어.

'그런데도 당신은…… 당신은 그를 믿지 못하겠다는 겁니까?'

'그런 맹세를 한 분들이 또 있었거든요. 바로 저의 아버지가…… 외할아버지도 그러셨고요.'

나는 그건 다르다고, 그녀가 모르는 미지의 세계에는 그를 그녀에게서 앗아갈 것은 아무것도 없다고 말해주었어. 그리고 나는 다시는 찾아오지 않을 거라고 말해주었어.

내가 말했지.

'나는 그가 필요하지 않아요. 아무도 그를 원하지 않아요.'

'아무도 그 사람을 원하지 않는다고요?'

'당신은 그가 강하고 현명하며, 용감하고 위대하다는 것을 믿고 있지요? 그렇다면 그가 무엇보다 진실한 사람이라는 것도 믿으세요. 나는 내일 떠날 것이고, 그걸로 모든 게 끝납니다. 저쪽 세상의 목소리로 당신이 괴로움을 당하는 일은 다시는 없을 거요. 당신이 모르는 저쪽 세상은 너무 넓어서 그가 없어도 아쉬워하지 않아요. 알겠어요? 너무 크단 말이오. 당신은 그의 마음을 두 손에 잡고 있어요. 당신은 그걸 느껴야 해요. 당신은 그걸 알아야 해요.'

'네, 알고 있어요.' 그녀는 마치 조상(彫像)이 속삭이듯, 가까스로 조용히 숨을 내쉬며 말했어.

나는 아무것도 한 게 없다고 느끼고 있었어. 내가 하고 싶었던 게 무엇이었을까? 지금도 모르겠어. 당시 나는 마치 숙명적인 과업을 앞에 둔 사람처럼 열기를 띠고 있었어. 우리들에게는 일생을 통해 몇 번 그런 순간이 오는 때가 있어.

그래, 그녀는 그의 마음뿐 아니라 모든 것을 차지하고 있었

제18장

181

지. 내가 그녀에게 말해주어야 했던 것은 이 세상에서 그의 감정, 마음, 도움을 원하는 사람은 그녀 외에는 아무도 없다는 것이었어. 그 광대한 미지의 세계로부터는, 그곳을 채우고 있는 사람들로부터는 더 이상 아무런 신호나 호출도 없을 것이라고 나는 그녀에게 말해주었어. 나는 흥분해서 그녀에게 다짐하고 또 다짐했지.

그러자 그녀가 큰 소리로 물었어.

'왜 그렇지요? 왜 그런 거지요? 이유를 말씀해주세요.'

나는 화가 나더군. 그래서 발을 구르며 되물었어.

'정말 알고 싶은 거요?'

'네.' 그녀가 소리치더군.

'그건 그가 쓸모가 없기 때문이오!' 나는 가차 없이 말을 뱉어냈어.

그녀는 내 팔을 잡더니 말했어. 목소리는 낮았지만 그 속에는 냉혹한 경멸감, 쓰라림, 절망감이 한껏 담겨 있었어.

'그분도 그런 말을 했어요……. 거짓말을 하시는군요!'

그녀는 원주민의 방언으로 그 말을 뱉어냈어. 내가 황급히 간청하듯 말했어.

'내 말을 끝까지 들어봐요. 아무도, 아무도 쓸모 있는 사람은

없어요.'

　나는 열의를 다해 그녀에게 말했어. 그녀의 흐느낌과 숨소리가 무서울 정도로 빨라졌어. 그때 가까이 다가오는 발소리가 들리더군. 짐의 발소리였어. 나는 더 이상 말을 잇지 못하고 거기서 빠져나왔어."

　말로는 두 다리를 뻗치더니 벌떡 일어났다. 그는 마치 허공을 질주하다 갑자기 멈춘 사람처럼 약간 비틀거렸다. 그의 이야기를 듣고 있던 사람들도 놀란 듯 자세를 바로 잡았다. 말로는 너무나 황당한 꿈에서 깨어난 사람의 눈으로 그들을 바라보았다. 그를 바라보고 있던 사람들 중 한 명이 '그래서?'라며 말로의 이야기를 재촉했다.

　"아무것도 없었지. 나는 도무지 내가 무엇을 믿고 있었는지 지금도 알 수 없어. 그녀는 내게 내가 거짓말을 한다고 했지. 오, 가엾은 여자! 그런 건 그냥 운명에 맡겨 두자고!

　나는 안으로 들어갈 생각이 없었어. 뒤에서 짐이 나를 부르는 소리가 들렸지만 나는 오솔길을 따라 고개를 숙인 채 서둘러 걸어가고 있었어. 조금 걸어가니 거대한 나무들을 벤 다음 덤불들을 제거하고 풀들을 태워버린 땅이 나타났어. 짐은 그곳

제18장

183

에 커피를 재배하려 하고 있었어. 그는 언제고 새로운 실험을 해보려 하고 있었지. 그곳을 바라보며 나는 짐의 정력, 기업 정신, 그의 기민함에 감탄했어.

달이 떠 있었을 뿐 사방이 고요했어. 나는 좀 감상적이 되었던 것 같아. 스스로도 철저한 고독감에 빠져들 정도로 그곳에 오래 서 있었지. 참으로 그곳은 이 지구상에서 버림받고 잊힌 미지의 땅 중의 하나였지. 나는 그 어두운 표면의 내부를 들여다본 것이고, 내일 내가 이곳을 영영 떠나게 되면 그곳은 더 이상 존재로부터 멀어지는 것이고, 내 자신이 망각의 세계로 빠져들기 전까지는 내 기억 속에서만 존재하게 되리라고 느끼고 있었지. 내게는 지금도 그런 느낌이 들고 있고.

그때였어. 코넬리우스가 불쑥 나타나더군. 내가 어느새 그의 집 근처까지 와 있었던 건가봐. 사실 나는 가끔 그의 얼굴을 볼 때마다 그가 내게 무언가 할 말이 있다는 듯한 느낌을 받았었어. 무언가 갈망하는 것 같은 얼굴로 내 주변을 어슬렁거리는 것 같았거든. 하지만 워낙 비열하고 겁이 많은 녀석이라 감히 가까이 오진 않았던 거야.

짐은 그를 일방적으로 무시하고 있었어. 언젠가 짐이 말했지. '저는 아무도 나를 건드릴 수 없음을 느끼고 있어요. 이곳에 꽤 오래 머무셨으니까 제가 어느 정도 안전하다는 생각이 안 드세요? 이제 모든 게 저한테 달려 있으니까요. 그가 저지를 수 있는 최악의 짓은 저를 죽이는 거겠지요. 하지만 그는 그런 위인이 못 돼요. 내가 총을 장전해서 준 다음 등을 돌려도 쏘지 못할 위인입니다. 설사 그에게 그런 능력이 있다고 해도 뭐가 문제가 되겠어요? 목숨을 구하려고 이곳에 온 건 아니잖아요? 나는 벽에 등을 기대는 기분으로 이곳에 온 것이고, 그러니 여기 계속 머물 거예요.'

코넬리우스는 내게 인사를 하더니 말을 시작했어. 말끝마다 나를 '존경하는 선생님'이라고 부르더군. 그러고는 내가 짐의 집 경내로 들어올 때까지 낑낑대며 나를 따라왔어. 그는 그날 밤에 있었던 사건에서 자기가 맡았던 역할에 대해 설명하려고 애를 썼어. 그건 개인적 이익과 관련이 있었다는 거였어.

내가 웃으며 그에게 말했지.

'그는 스스로 자기 목숨을 구했소. 게다가 그는 당신을 용서했소.'

그는 나직이 웃더군. 내가 왜 웃느냐고 묻자 그가 말했어.

'그가 자기 목숨을 구했다고요! 존경하는 선생님, 그는 아무것도 모르고 있어요. 정말 아무것도! 그가 여기서 원하는 게 뭐지요? 큰 도둑이 되는 것? 정말 여기서 원하는 게 뭘까요? 사람들 눈을 속이는 거? 하지만 존경하는 선생님, 그는 내 눈을 속일 수는 없어요. 그는 정말 바보입니다, 존경하는 선생님! 여기서 그는 어린아이에 불과해요!'

그러면서 그는 계속 횡설수설했는데, 나는 그가 무슨 이야기를 하려는 것인지 짐작조차 할 수 없었어. 하지만 그가 계속 지껄여대면서 비로소 그의 용건이 무엇인지 조금씩 밝혀졌지. 간단해. 그 여인을 짐에게 주는 대가로 돈을 받을 권리가 자신에게 있다는 거야. 자기 친딸이 아닌데도 자기가 맡아서 키웠으니 그럴 권리가 있다는 거였어. 그리고 '존경하는 선생님'께서 그에게 잘 말해달라는 거야. 그 주름살로 가득한 그의 얼굴은 탐욕으로 이글거리고 있었지.

그가 말하더군.

'신사분들은 모두 귀국할 때면 뭔가 대가를 내놓더군요.'

나는 문을 쾅 닫으며 말했어.

'이보시오, 코넬리우스! 이번 경우, '그런 때'는 오지 않을 것이오!'

그는 놀란 듯 '뭐라고요?'라고 되묻더군.

나는 문을 사이에 두고 말했어.

'그가 하는 말도 못 들었소? 그가 귀국하는 일은 없을 거요.'

그는 '오, 그럴 수가!'라고 소리를 지르더군. 그때부터 말끝마다 따라다니던 '존경하는 선생님'이라는 칭호는 싹 빠져버렸어.

잠시 침묵에 빠져 있던 그가 겸손해하는 기색을 싹 거둔 채 말했어.

'귀국하지 않는다고요? 아, 그러니까 난데없이 어디선가 나타나 이유도 없이 나를 죽을 때까지 짓밟겠다는 거로군요.'

그는 자신은 결코 짓밟히지 않겠다며 '참아야지, 참아야지'라고 낮게 중얼거렸어. 그는 웃음을 터뜨리며 내게 말하더군.

'하, 하, 하! 두고 봅시다. 두고 보자고요! 뭐라고? 내게서 훔치겠다고! 내게서 모든 걸 훔치겠다고!'

갑자기 그는 고개를 쳐들더니 욕설을 퍼붓더군.

'그년이 제 어미를 닮은 거야! 거짓투성이 제 어미를 닮았어! 똑같아! 그 얼굴을 봐, 그 얼굴을! 악마 같은 것!'

나는 서둘러 그 자리를 떠났어. 그가 내 등 뒤에 대고 뭐라고 중얼거렸는데 내가 분명히 들을 수 있었던 것은 '어린아이일 뿐이야! 어린아이에 불과한 녀석이지!'라는 말뿐이었어."

"다음 날 나는 그곳을 떠났어. 나는 그곳에 뛰어들 생각이 없었어. 그 수면에 머리를 내밀고 있는 것만으로도 벅찼거든. 어쨌든 내가 등 뒤에 남겨 놓고 온 그 세계에 대해서는 그 어떤 변화도 상상할 수가 없어. 몸집 크고 도량이 넓은 도라민과 그의 아내는 함께 대지를 응시하며 부모로서의 꿈을 키우고 있을 것이고, 퉁크 알랑은 언제까지나 쭈글쭈글한 얼굴로 당혹한 기색으로 살아갈 것이며, 용감한 다인 와리스는 짐을 신임하면서 우정을 간직하고 있을 것이고, 소녀는 두려움과 의심이 가득한 마음으로 짐을 열렬히 사랑할 것이며, 탐 이탐은 무뚝뚝한 표정으로 충성을 바칠 것이고, 코넬리우스는 달빛 속에 여전히 이마를 울타리에 대고 있을 거야. 그 모든 모습은 지금도 부동인 채 뚜렷하게 내 눈에 떠오르고 있어.

그리고 그 모든 것들이 마치 마법 지팡이의 영향을 받듯이 한 인물을 둘러싸고 있어. 그는 분명 살아 있지만 나는 그를 확실하게 볼 수가 없어. 그 어떤 마법 지팡이라도 그를 한곳에 고정시켜 놓을 수는 없으니까. 그는 우리들 중의 한 사람이야.

내가 그곳을 떠나는 날, 짐은 처음 얼마 동안 나와 동행했어. 나는 그날 오후에 있었던 일을 아주 세세한 것까지 다 기억하고 있어. 우리가 작은 백사장에서 보트에서 내렸을 때, 작은 체구의 검은 피부를 한 두 명이 카누에서 내려 우리 쪽으로 오더군. 그곳 마을의 늙은 촌장과 그의 사위였어.

그들은 짐 가까이 오자 짐을 향해 야윈 팔을 내저으며 뭔가 열심히 하소연했어. 라자의 사람들이 자기들을 괴롭혔다는 거야. 자기네들이 잔뜩 모아 놓은 거북 알을 그들이 자기 것이라고 가져가버렸다는 거야.

짐이 나를 보고 말했어.

'문제는 여러 세대에 걸쳐 이 마을의 어부들이 마치 라자의 사노(私奴) 취급을 받아왔다는 겁니다. 그 늙은이는 미처 이런 생각은……'

그가 잠시 말을 멈추자 내가 말했어.

'자네가 그 모든 걸 바꿔 놓으리라는 생각은 못 했겠지.'

'그래요. 제가 모든 걸 바꾸어 놓았죠.' 그가 우울하게 중얼거렸어.

'자네에게 기회가 온 셈이로군.'

'기회요? 제게요? 그래요, 그런 생각이 들기도 해요. 저는 저 자신에 대한 신뢰를 되찾은 거지요. 명성을…… 하지만 이따금 제가 바라는 것은……. 아니에요! 저는 제가 가진 것만 지키렵니다……. 그 이상은 기대할 수 없어요.'

그는 그의 팔을 바다 쪽으로 뻗었어.

제18장

189

'어쨌든 저곳에서는 아니지요.'

그는 두 발로 모래를 쿵쿵 밟았다.

'이게 제 한계이지요.'

우리는 해변을 오락가락했어. 그는 두 어부를 곁눈질하면서 말했지.

'그래요. 제가 모든 걸 바꿔 놓았죠. 하지만 제가 가버리면 어떻게 될 것인지 한번 생각만 해보세요. 젠장, 모르겠어요? 아수라장이 되는 거지요. 그럴 수는 없어요. 저는 내일 퉁크 알랑을 찾아갈 겁니다. 그 늙은이가 대접하는 커피를 목숨을 걸고 마실 겁니다. 그리고 그 거북 알 문제를 놓고 따질 겁니다. 아무것도 저를 건드릴 수 없다는 확신이 들 때까지 목표를 세운 채 끊임없이 앞으로 나갈 겁니다. 저는 충실할 겁니다.'

그때 스타인이 해주던 말이 생각나더군. 그래, 그는 로맨틱했어. 스타인이 말했었지.

'사는 길은 그 물이라는 파괴적인 원소에 몸을 맡기는 것뿐이야. 그래, 맞아! 거기 푹 잠겨야 해. 그게 사는 길이야. 꿈을 따르고, 또다시 꿈을 따르고…… 그렇게 영원히…… 끝까지…….'

나를 데려가려고 범선에서 띄운 보트가 우리들 쪽으로 다가

오고 있었어. 그때 그가 하늘과 바다의 엄청난 침묵을 깨며 말했어.

'게다가 주얼이 있다고요. 주얼이 있다니까요.'

그 침묵에 압도되어 아무 생각이 없던 나는 그의 말에 깜짝 놀랐어.

'그래, 맞아.'

'그녀가 제게 어떤 존재인지 말씀드릴 필요가 없겠지요. 보셔서 아시겠지요? 때가 되면 그녀도 이해할 수 있을 겁니다.'

'그러길 바라네.'

'그녀도 저를 믿는답니다.'

그는 잠시 생각에 잠기더니 말투를 바꾸어 내게 물었어.

'언제쯤 다시 선장님을 뵐 수 있을까요?'

'영영 못 만나게 될 거야.'

그가 잠시 말이 없더니 입을 열었어.

'그럼 안녕히 가세요. 곧 귀국하실 건가요?'

나는 뱃전으로 다리를 올려놓으며 말했어.

'1년 후쯤 갈 거야. 살아 있다면 말일세.'

'말씀 좀 전해주세요.'

나는 누구에게 말을 전해달라는 것인지 들으려고 발길을 멈

추었어. 하지만 그는 내 등에 대고 '아니요, 아무것도 아닙니다'
라고 소리친 후 더 이상 말이 없었어.

　보트가 출발하고 그의 모습이 멀어졌어. 해변과 바다의 정적
속에 서 있던 그의 모습이 마치 거대한 수수께끼 속에 쌓여 있
는 것 같았지. 그의 몸이 어린아이처럼 작아졌다가 다음 순간
하나의 점으로 변했어. 그 점 하나가 어두운 세상에 남아 있던
모든 빛을 독차지하고 있는 것 같았어. 그러다 갑자기…… 그
점이 사라졌어……."

제19장

말로의 이야기는 거기서 끝이 났고 그런 후 사람들은 모두 흩어졌다. 그들은 마치 비밀을 간직하듯 그 이야기에 대한 인상을 각자 지낸 채 그곳을 떠났다. 그런데 그들 중 딱 한 사람만이 그 이야기의 마지막 부분을 들을 수 있었다. 말로가 보내온 두툼한 포장물 속에 그 이야기가 담겨져 그의 손에 들어왔던 것이다.

그는 포장물을 뜯었다. 내용물은 셋으로 구분이 되어 있었다. 검은 잉크로 촘촘하게 글이 쓰여 있는 종이 뭉치가 있었고, 그가 처음 보는 필적으로 단어가 몇 마디 적힌 네모반듯한 종이가 있었으며, 말로가 쓴 설명 편지가 동봉되어 있었다. 말로의 편지에서는 세월이 흘러 누렇게 바랜 다른 편지 봉투가 떨어졌다. 그는 그 편지를 집어 들었다가 놓아두고는 말로의 편지로 눈길을 돌렸다. 몇 줄 읽던 그는 흠칫 놀라는 기색이었고, 조심스럽게 천천히 그 편지를 읽어나갔다.

*

나는 자네가 잊었으리라고는 생각하지 않네. 자네는 짐이 자기 운명을 극복했다는 걸 믿으려 하지 않았지. 하지만 그에 대한 이야기를 들려준 후, 지속적인 관심을 보인 사람은 자네밖에 없었어. 자네는 짐이 결국 새로 얻은 명예, 그가 짊어지게 된 과업을 지겨워하게 될 것이라고 예언하기도 했지. 그건 환상적인 자기 만족감에 불과하다고 자네가 말하던 것도 나는 기억하고 있네. 그리고 자네는 우리의 대열을 이탈하지 않고 싸워야 의미가 있지, 그렇지 않으면 우리의 삶은 아무 의미가 없다는 말도 했어. 그럴 수도 있어. 자네라면 능히 그럴 거야. 자네는 혼자 힘으로 그런 곳에 뛰어들었다가 날개 하나 다치지 않고 뛰쳐나올 수 있는 사람이니까. 악의에서 하는 말이 아닌 건 알겠지?

하지만 중요한 건, 짐이야말로 오로지 자기 자신만을 상대한 그런 사람이었다는 거야. 그리고 문제는 그가 결국, 질서나 발전의 법칙들보다 더 강력한 믿음을 그가 고백하게 되었느냐 아니냐 하는 데 있다고 봐.

물론 나는 단정하지 않겠네. 자네가 읽은 다음에 자네 스스로 판정할 수 있을 테니까. 우리가 흔히 쓰는 '구름에 가려져 있다'라는 표현에는 많은 진실이 담겨 있다네. 우리가 그를 분명하게 본다는 것은 불가능해. 더욱이 우리가 그의 마지막 모습을 다른 사람의 눈을 통해서 보아야만 하니까 더더욱 그러해. 그가 자주 하던 말마따나 '자신에게 닥쳐온' 그 마지막 에피소드에 대해서 자네에게 아무 망설임 없이 모두 들려주겠네.

자네 기억하고 있나? 내가 그와 마지막으로 헤어질 때 그가 갑자기 '말씀 좀 전해주세요'라고 했던 것 말일세. 그런 후 이어질 그의 말을 기다리는 나에게 그는 '아니요. 아무것도 아닙니다'라고 소리쳤었지. 그리고 그것으로 그만이었지. 그래, 모든 게 그렇게 끝난 거야. 그에 관한 모든 이야기에서 우리가 각자 해석해 낼 수 있는 메시지를 제외한다면, 아무런 메시지도 없을 거란 말일세.

그가 자기 심경을 토로하려고 몇 번 시도했던 것은 사실인 것 같아. 동봉하는 이절지를 읽어보면 알겠지만 그의 그 시도는 실패하고 말았어. 평범한 필적이 보이지? 그 첫 머리에 '파투산 요새'라는 발신지가 적혀 있지? 그는 자기가 살던 집을 요새로 만들려는 시도를 했던 것 같아. 깊은 참호를 파고, 모서리마다 대포를 설치해 사방을 경계하고 방어할 수 있게 하려는 계획이었지. 도라민이 그에게 대포를 제공하겠다는 약속을 했고, 충실한 그의 사람들이 그곳에 집결할 수 있었지. 그의 사람들이란 셰리프에게 붙잡혀 있다가 그가 해방시켜준 사람들이었는데, 그들은 그 요새 담장 아래 오두막을 짓고 지내게 되었던 거야.

그가 누구를 향해 그 글을 쓴 것일까? 스타인이거나 나일까, 아니면 그냥 일반 사람들을 향해서였을까? 아니면 그냥 자기 자신에게 절규하듯 외치려던 것일까? 그는 '끔찍한 일이 일어났다'라고 쓴 후 펜을 놓았지. 그리고 '이제 당장 내가 해야 할 일은……'이라고 쓴 후 그만두고 말았어. 아마 설명할 수 없는 일 앞에서 압도당했던 것 같아.

나는 자네에게 아주 오래된 편지도 한 통 함께 보내네. 그의 서류 상자 속에 함께 보관되어 있던 건데, 그의 부친으로부터 그에게 온 편지야. 난 그 편지를 보았는데, 애정으로 가득 찬 편지였다네.

로드 짐

마지막 사건들에 대한 이야기는 내가 동봉한 편지를 보면 알 수 있을 걸세. 정말 로맨틱하다는 걸 자네도 인정하게 될 거야. 하지만 그 내용에는 일종의 심오하고 무서운 논리가 들어 있어. 마치 압도적인 우리의 운명을 우리 앞에 펼쳐 놓을 수 있는 것은, 오로지 우리의 상상력뿐이라는 것을 보여주는 것 같다네. 우리의 사고의 무모함은 결국 우리의 머리로 되돌아오기 마련이지. 칼을 가지고 놀던 자는 결국 칼에 망하는 법이니까. 이 놀라운 모험에서 가장 놀라운 부분은 그것이 진실이라는 점이라네. 그리고 그 모험이 불가피한 결과로 다가오게 되었다는 점이지. 뭔가 그런 일이 일어나게 되어 있었어.

나는 자네를 위해 마치 내가 그 모험을 실제로 겪은 것처럼 여기 적어놓았네. 내가 얻은 것은 단편적인 정보들뿐이지만 나는 그것들을 뜯어 맞춰서 알아볼 만한 한 폭의 그림으로 만들었어. 짐 자신이라면 이 이야기를 어떻게 들려주었을지 궁금하군.

그가 다시는 나타나지 않으리라는 것을 믿기 어려워. 다시는 그의 목소리를 듣지 못할 것이고, 이마에 하얀 줄이 있는 갈색과 분홍빛의 그의 얼굴, 흥분했을 때 깊이를 헤아릴 수 없는 청색으로 변하던 그 젊음에 가득 찬 눈을 다시는 볼 수 없을 테지.

제19장

197

모든 것은 브라운이라는 녀석의 행태로부터 시작한다네. 그는 잠보앙가 근처의 작은 만에서 스페인 스쿠너 범선을 완벽하게 훔치는 데 성공했던 인물이야. 내가 그 녀석을 발견하기 전까지는 그에 대해 아는 게 별로 없었지만, 그가 그의 오만했던 생명을 마감하기 몇 시간 전에 뜻밖에도 그와 마주치게 되었지. 다행히 그는 천식 발작 틈틈이 이야기를 해줄 수 있었고, 또 기꺼이 해주려고 했어. 그는 짐 생각만 해도 사악한 희열에 사로잡혀, 그 망가진 육신을 비틀어대더군. 그는 '그 건방진 거지 녀석을 제대로 대접해주었다'는 생각에 그렇게 의기양양해 했어.

나는 뭔가를 알아내기 위해 그 사납게 주름 잡힌 놈의 눈초리를 참아내야만 했어. 그의 이야기에서 코넬리우스가 품고 있던 간계도 알아낼 수 있었지.

죽어가던 브라운이 숨을 헐떡이며 말했어.

"그놈을 보자마자 나는 그놈이 얼마나 바보인지를 단번에 알 수 있었지요. 그놈이 사내라고! 웃기네! 속이 텅 빈 가짜 사내겠지! '내 약탈품에 손대지 마라!'고 분명하게 말도 못하던 놈인데! 못난 녀석! 그 정도는 해야 사내라고 할 수 있는 것 아닌가! 고결한 영혼 좋아하네. 나를 수중에 넣고도 나를 끝장낼 배짱도 없는 놈! 나를 일고의 가치도 없는 인간인 것처럼 놓아주

다니……."

브라운은 숨을 쉬기 위해 필사적인 노력을 하면서 말했어.

"속임수였는데…… 나를 놓아주다니……."

그는 다시 숨이 막혀왔어.

"이러다 제가 죽겠지요. 하지만 이제는 마음이 편해요…….
선생은…… 저는 선생의 이름도 모릅니다. 저는 젠틀맨 브라운
이랍니다."

나는 방콕에서 호텔을 경영하던 숌버그를 통해 그를 찾아낼
수 있었어. 숌버그가 브라운이 숨어 있던 곳을 내게 은밀히 말
해줬던 거야. 그는 그날 밤에 죽었는데, 그가 죽을 때는 그에게
서 더 이상 알아낼 것은 없었어.

브라운 이야기는 나중에 하기로 하고 우선 이 정도로 끝내기
로 하지. 그보다 8개월 전 이야기로 돌아가기로 하겠네.

그때 나는 사마랑에 들르게 되어 스타인을 보러 갔다네. 나
는 그의 집 정원 쪽에서 말레이인 한 사람을 만났어. 파투산에
있던 짐의 집에서 보았던 사람이었지. 한 번은 짐이 그를 소상
공인이며 방책을 세우는 데 큰 공을 세운 사람이라고 소개한
적이 있었지. 나는 그를 스타인의 집에서 보고도 별로 놀라지
않았어. 사마랑까지 진출한 말레이인이 스타인을 만나는 건 자

연스러운 일이기도 했거든.

그런데 나는 스타인의 방문 앞에서 또 한 사람의 말레이인과 마주쳤어. 그리고 이번에는 꽤나 놀랐어. 그는 탐 이탐이었던 거야.

나는 그를 보자마자 거기서 무슨 일이 있었느냐고 물었네. 혹시 짐이 방문 중일지도 모른다는 생각에 흥분이 되기도 했어.

"투안 짐이 안에 있소?"

내가 초조하게 다시 묻자 그는 아니라고 말한 후 잠시 고개를 숙이고 가만히 있었어. 그러더니 그는 갑자기 진지하게 말했어.

"그분은 싸우려 하지 않았어요. 싸우려 하지 않았어요."

그는 그 말만 되풀이했을 뿐이야. 나는 그를 밀치고 안으로 들어갔어.

스타인은 나비 상자들이 줄지어 놓여 있는 방에 홀로 앉아 있었다네. 내가 초조한 기색으로 그에게 물었어.

"탐 이탐이 와 있던데, 어떻게 된 일입니까?"

"그녀를 만나봐, 그녀를 만나봐. 그녀가 여기 있어."

그는 이런 저런 말을 중얼거리더니 나를 집 뒤편으로 데려갔어. 나는 불길한 생각에 사로잡혀 그를 따라갔다네.

응접실 문 앞에 이르자 그가 나를 막아서며 물었어.

"그가 그녀를 무척 좋아했겠지?"

내가 고개를 끄덕이자 그가 중얼거렸다네.

"아주 무서운 일이야. 그녀는 나를 이해하지 못해. 나는 이상한 늙은이거든……. 아마 자네라면…… 그녀는 자네를 아니까, 자네가 이야기를 해봐. 이렇게 내버려두면 안 돼. 그녀에게 그를 용서하라고 해. 아주 무서운 일이야."

스타인은 문을 열고 안으로 나를 밀어 넣더니 자기는 사라져버렸어. 나는 안으로 들어갔어. 내가 한쪽 응접실을 거쳐 다른 곳으로 들어가니 그녀가 마호가니 탁자 끝에 머리를 기대고 두 팔에 얼굴을 묻고 있는 게 보이더군. 그녀는 고개를 들고 내가 다가오는 것을 지켜보았어.

그녀는 대번에 나를 알아보고 내가 그녀 곁에 가서 고개를 숙이자 내게 말했어.

"그분이 저를 떠났어요."

차분한 목소리였어.

"당신들은 언제고 당신네들 목표를 위해 우리를 떠나지요."

굳은 얼굴이었고 모든 생명의 열기가 접근 불가능한 곳으로 숨어버린 것 같았어. 그녀는 말을 계속했어.

제19장

"그분과 함께 죽는 게 쉬웠을 거예요. 그는 그러지 말라고 했어요. 눈이 먼 것 같았어요. 그분에게 말을 걸고 있었던 것은 저였어요. 그의 눈앞에 서 있던 것은 저였어요. 그분은 내내 저를 바라보고 있었어요. 아아, 당신들은 무정하고, 배반만 해요. 진실도 없고 동정도 없어요. 당신들은 왜 그렇게 사악하지요? 당신들은 모두 미친 건가요?"

나는 그녀의 이야기를 들었어. 놀람과 위압감에 눌려 그녀가 해주는 이야기에 귀를 기울였어. 그녀는 자기가 하고 있는 이야기의 참뜻을 이해하지도 못한 채 이야기했어. 그녀는 원망에 가득 차 있었고 그 때문에 그녀를 향해, 또한 짐을 향해 연민을 느낄 수밖에 없었어.

그녀가 이야기를 마친 뒤에도 나는 꼼짝 않고 서 있었어. 그런데도 그녀는 혼잣말을 계속하더군.

"그런데도 그분은 저를 보고 있었어요. 그분은 제 얼굴을 볼 수 있었고, 제 목소리를, 제 슬픔을 들을 수 있었어요. 저는 그분의 발밑에 앉아서 그분의 무릎에 뺨을 대고 있었고 그분의 손은 제 머리에 놓여 있었어요. 잔인함과 광기가 이미 그분 안에 자리 잡고 있었고, 그분은 그날을 기다리고 있었던 거예요. 그리고 그날이 왔어요! 그날 해가 지기 전에 그분은 더 이상 저를 볼 수 없었어요. 그는 눈이 멀고 귀머거리가 된 것이며, 당신처럼 가차 없이 되어버린 거지요. 그분을 위해서 눈물을 흘리지 않겠어요. 절대로! 절대로! 단 한 방울의 눈물도! 절대로! 그분은 마치 내가 죽음보다 못한 존재인 양, 나를 떠나갔어요. 그분은 잠을 자다가 보거나 듣게 된 어떤 저주받은 것에 쫓기듯, 그렇게 도망쳐 버렸어요."

나는 그녀에게서 도망치듯 응접실에서 나왔어.

그날 오후에 나는 그녀를 다시 보았다네. 응접실에서 나온 후 나는 스타인을 찾았지만 보이지 않았어. 나는 정원 한쪽에 있는 연못가 벤치에 한참을 앉아 있었지. 내가 집으로 돌아가려고 일어섰을 때 스타인이 그녀와 함께 오솔길 모퉁이에서 나타나더군.

나는 다시 한 번 용기를 내어 그녀에게 말했어.

"그를 용서해야 하오."

그녀가 아무 말도 없자, 내가 다시 말했지.

"우리 모두는 용서받고 싶어 한다오."

그녀가 단지 입술만 움직여 내게 물었어.

"제가 뭘 어떻게 했는데요?"

"당신은 언제나 그를 불신했어요."

"그분은 다른 사람들과 똑같았어요." 그녀가 느리게 말했어.

"다른 사람들과 달랐어요." 내가 항변조로 말하자 그녀가 아무 감정도 드러내지 않은 채 고른 어조로 말했어.

"그분은 거짓이셨어요."

그녀가 그 말을 했을 때 갑자기 스타인이 끼어들었어.

"아니야, 아니야, 이 불쌍한 것아!" 그는 자기 소매 위에 놓인 그녀의 손을 쓰다듬었어.

"아냐, 아냐! 거짓이 아니었어! 진실! 진실! 진실한 사람이었어!"

그는 그녀의 돌처럼 굳은 얼굴을 들여다보았어.

"너는 이해하지 못하는구나. 아, 왜 이해하지 못하는 거니? …… 무서운 일이야."

스타인은 나에게 말했어.

"언젠가 이 애에게 이해를…… 시킬 거야……."

그들은 내게서 멀어져 갔어.

바로 그날 나는 탐 이탐과 또 한 명의 말레이인을 데리고 고을로 돌아갔어. 그들은 그들이 겪은 재앙을 피해 그곳으로 도망쳐 나온 거야. 그 재앙의 충격 때문에 그들의 성격조차 바뀐 것 같았어. 늘 과묵하던 탐 이탐은 수다스러워져 있었어. 그 부기스족 상인은 말은 적고 부끄럼을 탔지만 해야 할 말은 분명하게 하는 친구였어. 둘 다, 표현할 길 없는 놀라움과 신비스러운 일에 압도되어 있는 것이 분명했어.

　말로의 편지는 이 대목에서 끝이 났다. 그의 편지를 읽는 특혜를 받은 사람은 등잔 심지를 돋은 후, 원고 뭉치로 향했다.

제20장

'앞서 말한 대로 이야기는 브라운이라는 자로부터 시작된다.'
말로가 쓴 원고의 첫 머리는 이렇게 시작되었다.

*

당신이 서태평양 지역을 돌아다닌 적이 있다면 그의 이름을
들었을 것이다. 그는 호주 해안에서 유명한 악당이었다. 그가
그 지역에서 저지른 범죄 중에서 가장 경미한 죄라도, 그를 교
수형에 처하기에 충분할 정도였다. 그는 원주민들을 납치했으
며 혼자 있는 백인 상인을, 그가 입고 있던 파자마만 남기고는
완전 발가벗겼다.

그는 치사한 해적이었지만 자신만의 특징이 있었다. 그는 오만했으며, 자기의 희생자들을 격렬하게 경멸했다. 어찌 보면 인류 전체를 경멸하는 것 같기도 했다. 다른 해적들이 그저 탐욕 때문에 해적질을 했다면 그는 자기가 자기의 희생자를 얼마나 업신여기는지 보여주려고 해적질을 하는 것 같았다. 그는 자신이 처음 만난 죄 없는 사람을 해칠 때도 야만적인 복수심에 들끓고 있는 것 같았으며, 그의 그런 모습 앞에서는 웬만한 악당도 겁에 질릴 정도였다.

그는 삶을 지겨워하고 있었으며 죽음을 두려워하지 않았다. 그는 무모하게 목숨을 내거는 짓을 서슴지 않았지만 무슨 이유에서인지 감옥에 갇히는 것만은 지독히 두려워하고 있었다. 자기가 감옥에 갇힐 가능성이 조금이라도 보이면 식은땀을 흘리며 공포에 시달렸다. 마치 미신에 사로잡힌 사람이 유령을 두려워하는 것과 같았다.

그가 어떤 인생 항로를 거쳐 해적질을 하게 되었는지 나로서는 자세히 모른다. 그는 이래저래 하다가 마닐라만까지 흘러들어왔고, 필리핀 민다나오섬에 정박해 있던 스쿠너 범선을 한 척 훔치는 데 성공한다. 그때 그의 일당은 탈영병 세 명, 순박한 스칸디나비아인들 두 명, 흑인 혼혈인 한 명, 중국인 요리사 한 명과 기타 별 볼 일 없는 인간들 포함 모두 열여섯 명이었다.

그들은 훔친 배를 타고 마카사르 해협을 빠져나갔다. 식량과 물이 부족했다. 항해하는 도중 만나는 항구에 들어갈 수도 없었다. 우선 뭔가를 살 돈이 없었으며 관리에게 보여줄 증명서도 없었고, 그럴 듯하게 둘러댈 거짓말도 없었다. 그들이 타고 있던 배는 강풍에 자바해 건너편까지 밀려갔다. 브라운은 마다가스카르로 갈 예정이었다. 거기만 간다면 아무 의심도 받지 않고 배를 팔아 돈을 마련할 수 있거나, 아니면 배에 관한 위조 문서를 구할 수도 있겠다고 생각했다. 하지만 인도양을 건너려면 식량과 물이 필요했다.

아마도 그는 파투산에 대해 들었을지도 모른다. 혹은 해도에 작은 글자로 적힌 지명을 우연히 보았을 수도 있다. 그곳은 어쩌면 원주민들만 살고 있는 무방비 상태의 마을일 수도 있었다. 그곳에서 식량을 얻을 수 있을지 모른다. 추장이나 촌장을 위협해서 돈을 갈취할 수 있을지도 모른다.

날씨가 좋았기에, 그들은 어촌이 권총 사정거리에 놓여 있는 곳까지 쉽게 접근할 수 있었다. 그들 중 열네 명이 대형 보트를 타고 강을 거슬러 올라갔고, 두 사람은 굶어죽지 않을 정도의 식량만 지닌 채 배에 남아 있었다. 열네 명의 해적들은 싸구려

소총의 노리쇠를 만지작거리며 강을 거슬러 올라갔다.

그들이 강을 거슬러 올라갈 때까지 라자의 방책에서는 아무런 기색이 없었다. 양쪽에 보이는 가옥들에도 인적이 없었다. 깊은 정적이 지배하고 있었다. 브라운의 애초 계획은 주민들이 저항하기 전에 마을 한복판에 방어용 거점을 구축한다는 것이었다.

그런데 그들이 모스크 옆을 지날 때였다. 그 모스크는 도라민이 지은 것이었다. 누군가 고함을 질렀고 이어서 요란하게 징이 울리더니 모스크 위쪽 어디에선가 대포가 발사되었다. 이어서 모스크 앞에서 많은 사람들이 함성을 지르며 일제 사격을 가해 왔다. 브라운의 부하들도 일제히 반격을 했다. 하지만 이미 부하 두 명이 부상을 당했고, 아래쪽 퇴로는 라자 알랑의 방책에서 나온 보트들로 차단되어 있었다.

그들은 좁은 수로 입구로 보트를 몰고 가서 상륙했다. 결국 그들은 방책에서 약 800미터 정도 떨어진 작은 언덕에 자리를 잡았다. 그곳에서 그들은 방책을 내려다볼 수 있었다. 그들은 나무를 베어 방책을 쌓았고, 어두워지기 전에 꽤 안전한 참호를 만들 수 있었다.

하늘에는 별이 총총했다. 브라운은 밀물이 높아지면 보트가

제20장

수로로 들어와 공격을 하리라고 생각했다. 그러나 강에서는 아무런 움직임이 없었다.

브라운은 마을을 내려다보았다. 엄청나게 큰 고장이었다. 강 상류까지 수 마일에 걸쳐 뻗어 있는 고을에는 수천 명의 사내들이 득실거리는 것 같았다. 그들은 서로 말이 없었다. 이따금 요란한 고함 소리가 들렸고 한두 발씩 총성이 들리기도 했지만 대체로 어두운 가운데 침묵만 흐르고 있었다. 브라운 일당에게는 마치 자기네들이 잊혀져버린 것 같았다. 마치 모든 주민들을 깨웠던 그 흥분 상태가 주민들 자기네들과는 아무 상관이 없는 일이었다고 여기는 것 같기도 했고, 브라운 일당이 모두 죽어버린 것으로 여기는 것 같기도 했다.

그날 밤 벌어진 모든 사건들은 무척이나 중요한 의미를 띤다. 짐이 돌아올 때까지 변하지 않은 채 남아 있던 상황이, 그날 밤 벌어진 사건들로 인해 이루어졌기 때문이다. 짐은 일주일 이상 내륙 지방으로 출타 중이었으며 그 최초의 반격을 지휘한 것은 다인 와리스였다. 그 총명한 젊은이는 자기 힘으로 모든 것을 해결하고 싶었지만 그는 그의 백성들을 감당하기 힘들었다. 그에게는 짐이 누리고 있던 인종적 특권이 없었으며, 초자연적인 힘을 지니고 있다는 명성이 없었다. 그는 백성들의 애정과 신임과 찬양을 받고 있었지만, 그는 '그들 중' 한 사람이었을 뿐이었다. 반대로 짐은 '우리들 중' 한 사람이었다.

고을의 지도급 인사들은 짐의 요새에 모여서 긴급 상황에 대한 대책을 논의했다. 짐은 부재중이었지만 마치 그의 거처에서는 지혜와 용기를 찾을 수 있다고 기대하는 것 같았다. 브라운 일당의 사격 솜씨가 좋았든지, 아니면 순전히 재수로 그랬든지, 그들 사이에는 이미 대여섯 명의 부상자가 발생했다.

베란다에 누워 있는 부상자들을 아낙네들이 간호했고, 그들을 주얼이 지휘하고 있었다. 백성들도 요새로 들어와 병사가 되어 주둔하고 있었다. 짐의 요새에는 화약이 저장되어 있었다. 스타인이 네덜란드 정부로부터 파투산에 500통의 화약을 수출해도 된다는 허락을 받아낸 덕분이었다. 그 화약고의 열쇠는 주얼이 지니고 있었기에 그녀의 영향력은 막강했다.

곧이어 회의가 열렸다. 주얼은 당장 공격에 나서자는 다인 와리스의 의견을 지지했다. 어렵게 그 자리에 참석한 도라민은 아들을 존중해 자신의 의견을 내놓지 않았다.

회의에서는 지연책을 쓰자는 의견이 지배적이었다. 침입자들은 가만히 내버려두어도 굶어죽거나 도망갈 수밖에 없고, 그

제20장

211

때 공격해도 된다는 것이었다.

그 회의에는 물론 라자 쪽 사람도 있었다. 라자 쪽 대표로 참석한 사람은 외교적 수완이 있던 카심이었다. 그는 미소만 지을 뿐 자신의 속내를 드러내지 않았다.

결국 회의는 적의 보트를 통제할 수 있도록 수로에 가장 근접해 있는 집에 무장한 인원을 배치해서 침입자들을 감시하자는 쪽으로 결정이 났다. 그러나 적의 보트에 대한 공격은 감행하지 말자고 했다. 놈들이 결국 보트를 타고 도망가려 할 것이고 그때 공격하면 놈들을 일망타진할 수 있다는 생각에서였다. 도라민은 다인 와리스에게 명하여 하류 쪽 강변에 진을 치고 카누로 강을 봉쇄하라고 명령했다. 이어서 주얼의 감독하에 탄약과 화약, 뇌관의 배분이 행해졌다. 또한 여러 곳으로 사람을 보내서 짐의 행방을 찾게 했다.

그들이 그렇게 전투 준비를 하는 동안, 라자의 심복이었던 카심은 자기 주인에게 돌아가는 길에 뜰에서 어슬렁거리고 있던 코넬리우스를 자기 보트에 태웠다. 그에게는 뭔가 계획이 있었고 코넬리우스를 통역으로 이용하려 한 것이다.

아침이 되어 절망적인 상황에 처해 있던 브라운은 아래쪽 습지에서 누군가 외치는 소리를 들었다. 영어였으며, 신변 안전만 보장해준다면 중대한 사명을 지니고 올라갈 테니, 허락해달라고 말하고 있었다. 어디서 총알이 날아올지 전전긍긍하고 있던 브라운으로서는 마다할 이유가 없는 제안이었다.

하지만 그는 망설이는 척했다. 그러자 그 목소리의 주인공이 '자기는 이곳에 오래 살고 있던 백인으로서, 이제 곧 몰락할 처지에 놓여 있는 사람'이라고 자신을 소개했다. 그제야 브라운은 올라오되 혼자서만 올라오라고 소리쳤다. 이윽고 더러운 셔츠와 테가 망가진 모자를 쓴 코넬리우스가 내키지 않는 걸음걸이로 방어진지를 향해 올라왔다.

코넬리우스와 반 시간 정도 은밀하게 이야기를 나눈 끝에 브라운은 파투산의 내부 사정에 대해 훤히 알게 되었다. 그는 코넬리우스의 제안을 들은 후 우선 음식물을 요구했다. 코넬리우스는 라자의 궁이 있는 곳으로 내려가더니 얼마 후 라자 알랑의 부하들과 함께 약간의 쌀과 고추, 건어물을 가지고 돌아왔다. 나중에 코넬리우스가 카심을 데리고 함께 왔는데, 카심은 브라운과 굳게 악수를 했다.

부하들이 취사 준비를 하는 동안 세 사람은 자리를 옮겨 회담에 들어갔다.

카심은 도라민과 부기스족을 대단히 싫어했다. 하지만 그는

제20장

213

짐에 의해 새로 성립된 질서를 더 증오했다. 그는 이 백인 침입자들과 힘을 합쳐, 짐이 돌아오기 전에 부기스족을 공격하겠다는 생각을 했다. 그러면 고을 사람들이 이탈할 것이고 가난한 사람들을 지켜주던 그 백인의 지배도 끝장나리라는 것이 그의 생각이었다.

브라운은 근엄한 태도로 속을 드러내지 않았다. 처음 코넬리우스의 목소리를 들었을 때는 막연한 희망에 젖었을 뿐이었지만 그에게는 이내 다른 생각이 들끓었다. 음식이나 돈을 구하기 위해 그곳을 찾아온 그였지만, 카심의 제안을 받자 그는 그 나라 전체를 약탈하겠다는 생각에 사로잡혔다.

그는 어떤 망할 녀석이 벌써 그곳에서 그 짓을 벌였다고 생각했다. 아마 혼자서 해냈을 것이고, 그다지 잘 해냈을 리가 만무했다. 어쩌면 그와 손을 잡고 일을 벌여서, 이곳에서 모든 것을 다 짜낸 후에 조용히 빠져나갈 수 있으리라.

카심은 브라운이 사람을 가득 태운 대형 선박을 가지고 있으리라 믿고, 지체 없이 그 선박을 끌고 와 라자에게 봉사하길 간청했다. 브라운은 있지도 않은 배를 있는 척하면서 그러겠다는 의사를 분명히 전달했다. 그리고 그들의 회담은 계속되었다. 그 후 카심은 라자를 만나러 세 번이나 내려갔다 왔으며, 그사이 코넬리우스는 브라운에게 이런저런 충고를 해주었고, 짐이 어떤 사람인가 자기의 견해를 말해주기도 했다.

브라운은 짐이 도대체 어떤 인물인지 그리기가 어려웠다. 코넬리우스가 브라운에게 말했다.

"그를 죽이기만 하세요. 그러면 당신이 이곳 왕이 됩니다. 모든 게 그의 소유거든요."

바로 그날, 다인 와리스가 지휘하는 카누 선단은 몰래 강변을 떠나 브라운의 퇴각에 대비하여 강 하류를 봉쇄하고 있었다. 브라운은 그 사실을 모르고 있었고, 카심도 굳이 알리려 하지 않았다. 백인의 배가 강을 거슬러 올라오기를 원하고 있던 그는 강이 봉쇄되었다는 소식을 브라운에게 알려 그의 기를 꺾어놓고 싶지 않았던 것이다.

제21장

브라운은 카심을 우롱해서 시간을 벌자는 것이 목표였다. 진짜 멋지게 한탕 사업을 벌이기 위해서는 그 백인과 협력할 수밖에 없었다. 원주민들을 그런 식으로 장악하고 있는 걸로 보아 굉장히 영리한 놈이 분명했고, 그렇다면 도움을 주겠다는 자신의 제안을 거절하리라는 상상은 할 수도 없었다.

'그래, 소박한 요구를 해야지. 하지만 너무 낮은 요구는 하지 않을 거야. 형제처럼 함께 사업을 벌일 거야. 그러다 둘이 싸우게 되면 총알 한 방으로 다 해결하는 거지 뭐.'

그가 계획하고 있던 약탈은 단순히 도적질이 아니었다. 그가 실제로 원하고 있었던 것은 자기를 거역했던 그 밀림의 마을을 철저히 파괴해서, 온통 시신에 뒤덮이고 불길에 휩싸이게 하자는 것이었다.

한편 카심은 다인 와리스에게 사람을 보내 백인들의 배가 강을 거슬러 올라올 것이니 경계를 하라고 전했다. 그가 이런 이중 첩자 노릇을 한 것은 부기스족 병력을 분산시키고, 전투를 통해 그 힘이 약해지게 만들기 위해서였다.

브라운은 코넬리우스를 통해 이 지역 사정을 알게 되었고 카심과 내통을 하긴 했지만 내심 불안하기도 했다. 이러다 결국 바위에 머리를 부딪쳐 죽는 게 아닌가 하는 생각이 들기도 했다.

그런 가운데 새벽이 가까웠다. 멀리 고을 어디선가 짤막한 포성이 울렸다. 브라운은 근처를 서성이고 있던 코넬리우스에게 물었다.

"저게 무슨 소리인가?"

대포 소리에 이어 큰 북소리가 울렸고, 이어서 다른 북들이 화답하듯 둥둥거리고 있었다. 어둠에 잠겨 있던 마을에서 작은 등불이 여기저기서 반짝이기 시작하더니 이윽고 사람들 웅성거리는 소리가 들려왔다.

"그가 왔군요." 코넬리우스가 말했다.

"뭐야? 벌써? 확실하오?" 브라운이 물었다.

"네, 틀림없어요. 저 소리 좀 들어봐요."

제21장

"무엇 때문에 저 소동들이오?"

"기뻐서 그러지요. 그는 대단히 위대한 사람이니까요. 하지만 그는 아이들처럼 아는 게 아무것도 없어요."

그러자 브라운이 말했다.

"그렇다면 저 친구와 어떻게 닿을 수 있지?"

그러자 코넬리우스가 선언하듯 말했다.

"저 사람은 당신과 이야기를 나누러 올 겁니다."

"무슨 소리요? 이곳에 산책이라도 하러 온다는 거요?"

코넬리우스가 어둠 속에서 힘차게 고개를 끄덕였다.

"그는 이리로 곧장 와서 당신과 이야기를 나눌 겁니다. 그는 정말 바보 같은 사람이니까요. 그가 얼마나 바보인지는 곧 알게 될 겁니다."

브라운은 믿을 수 없었다. 그러자 코넬리우스가 계속 말했다.

"그에게는 두려운 게 없어요. 어떤 것도 두려워하지 않아요. 그는 당신에게 와서 자기 백성들을 건드리지 말라고 명령할 겁니다. 그는 어린애 같아요. 곧장 당신에게 올 겁니다."

브라운이 말했듯, 야비한 스컹크 같은 코넬리우스는 짐을 잘 알고 있었다. 그는 열을 내며 말을 이었다.

"그러니 선장님, 저 키다리 총잡이에게 그를 쏴죽이라고 명령하세요. 그를 죽이면 모두들 선장님을 겁내게 될 것이고, 선장님은 무엇이든 마음대로 할 수 있을 겁니다. 무엇이든 다 빼앗은 다음 떠나고 싶을 때 떠나면 되는 거지요, 하, 하, 하."

날이 훤하게 밝아 올 때까지 서쪽 강독에 피워놓은 불들은 여전히 타오르고 있었다. 날이 밝자 유색인들에게 둘러싸인 백인 한 명의 모습이 보였다. 그는 유럽 복장에 헬멧을 쓰고 있었으며, 온통 흰색 차림이었다.

그 백인은 유색인들이 두 번씩이나 주변을 둘러싸는 걸 물리친 후, 그들을 벗어나 천천히 걷고 있었다. 그의 모습이 가시덤불 사이로 사라졌다 나타났다 반복하더니 수로 근처까지 오자, 브라운은 짐을 맞이하러 언덕을 내려갔다.

이윽고 둘이 마주 섰다. 그들의 눈초리에는 적대감이 흐르고 있었음에 틀림없다. 나는 브라운이 첫눈에 짐을 미워하게 되었다고 확신한다. 그를 보는 순간 그가 품고 있던 모든 희망이 사라졌던 것이다. 짐은 그가 기대하던 사람이 아니었다. 바로 그 때문에 그는 짐을 보자마자 미워했다. 그는 마음속으로 상대방의 깨끗한 옷차림은 물론, 젊음과 자신감, 맑은 눈과 차분한 태도를 저주했다. 그는 무슨 도움이건 선뜻 내줄 것 같지가 않았다.

제21장

219

마침내 짐이 평상시의 어조로 물었다.

"당신 누구요?"

브라운이 큰 소리로 대답했다.

"나는 브라운이오. 브라운 선장이지요. 당신 이름은 무엇이오?"

짐은 그 질문을 못 들은 것처럼 조용히 말을 이었다.

"무엇 때문에 이곳에 온 거요?"

"그걸 알고 싶소? 대답이야 쉽지. 배고픔 때문이오. 당신은 왜 이곳에 온 거요?"

"그 녀석은 그 질문에 깜짝 놀라더군요." 브라운이 둘이 대화를 처음 나눌 때 상황을 설명하며 내게 말했다. 두 사람은 수로의 진흙만을 사이에 두고 있었지만 삶이 무엇인가에 대해서는 서로 상반되는 극단에 서 있었던 것이다.

브라운은 내게 계속 말했다.

"녀석의 얼굴이 붉어졌어요. 너무 엄청난 질문이었나 보지요. 내가 그에게, 나를 죽은 목숨인 양 마음대로 할 수 있을지 몰라도, 그도 별로 나은 형편은 아니라고 말해주었습니다. 언덕 위에서 내 부하가 그에게 총을 겨누고 있었거든요.

하지만 그는 마치 기둥처럼 아무 말도 없이 서 있었지요. 그래서 내가 말했습니다.

'이봐요, 그 망할 놈의 원주민 무리들을 끌고 와서 싸우든지, 아니면 우리가 굶어죽든 말든 바다로 내보내줘. 이런 일로 당신이 얻을 게 뭐 있겠소? 당신네는 200대 1로 우세하오. 하지만 당신이 우리를 끝장내기 전에 우리들도 호락호락 당하고만 있지는 않을걸. 당신을 떠받드는 원주민이나 나나, 아무 죄도 없는 건 마찬가지인데…….

다시 묻겠소. 당신은 여기 무엇 때문에 들어온 거요? 나는 양식을 얻으러 이곳에 들어왔소. 우리의 배를 채울 양식 말이오. 지금 우리가 원하는 건 우리와 일전을 벌이든지, 원래 우리가 있던 곳으로 돌아갈 수 있게 해달라는 것뿐이오.'"

짐이 브라운에게 도대체 무슨 짓을 하고 다녔기에 이런 곤경에 처하게 된 것이냐고 묻자 브라운은 자기가 일생 동안 딱 한 가지를 겁냈다고, 그것은 바로 감옥에 가는 것이라고 말했다. 그가 그날 거기서 짐에게 얼마나 거짓말을 늘어놓았는지, 세상을 경멸하는 말투를 늘어놓았는지 나는 모른다. 브라운은 내게 다만 이렇게 말했을 뿐이었다.

"놈을 겁먹게 할 수는 없었어요. 하지만 유료 도로처럼 길이

횡하니 뚫려 있어서, 거기 들어가서 놈의 영혼을 마음대로 흔들었다 뒤집었다 할 수 있었지요."

이어서 브라운은 내게 말했다.

"도대체 놈은 누구입니까? 도무지 종잡을 수가 없었어요. 정체를 알 수가 없었어요."

어쨌든 수로를 마주하고 둘이 나누던 대화는 일종의 무시무시한 결투였으며 운명의 여신은 그 결말을 미리 알고서 그 결투를 냉혹한 눈으로 보고 있었을 것이다. 물론 브라운이 짐의 영혼을 온통 뒤집어 놓은 것은 아닐 것이다. 하지만 브라운이 도저히 이해할 수 없었던 짐의 영혼이 그 결투의 쓴맛을 최대한 맛보았으리라는 건 확신할 수 있다. 그들의 출현은 짐이 포기한 저쪽 세상이 그의 은둔처로 뒤쫓아 온 것을 의미했다. 아마 브라운은 짐의 어조 속에서 회한과 체념이 뒤섞인 일종의 슬픈 감정을 느꼈을 것이다. 그리고 그는 짐의 장점과 약점을 간파해서 최대한 이용할 수 있는 능력을 갖추고 있었다.

브라운은 짐이라는 인물이 그저 굽신거린다고 목적을 이룰 수 있는 인물이 아님을 간파했다. 브라운은 자신이 불운이나 비난, 재앙에 맞설 수 있는 인물임을 내세웠다. 그는 총 몇 자루를 밀수하는 일이 뭐 그리 큰 범죄냐고 따졌고, 파투산에 구걸 외에 다른 목적을 가지고 온 것이라고 단정 지을 권리가 누구에게 있느냐고 따졌다.

물론 그건 거짓말이었다. 그는 우선 살육과 만행을 저지를 준비를 단단히 하고 파투산에 왔던 것이다. 하지만 그가 겪은 고초, 겪고 있는 굶주림은 생생한 현실이었다. 그는 짐을 위협하기도 했다.

"어둠 속에서 목숨을 구하기 위해서라면 눈앞에 세 명이 있건 서른 명이 있건 삼백 명이 있건 두 눈에 보이지 않는 법이오."

브라운의 말에 짐이 움찔했다. 그때 짐은 아무 말 없이 땅만 내려다보고 있었다고 브라운은 말했다.

브라운은 곁눈질로 짐을 바라보고 있었다. 짐은 생각에 잠긴 듯 채찍으로 자기 다리를 탁탁 치고 있었다. 사방은 조용했지만 마을 집들 안에서는 수많은 눈들이 그들을 지켜보고 있으며, 강 위에는 카누들이 다시 움직이고 있었다. 또한 강둑 위, 선착장, 강기슭에 묶어둔 뗏목 위에는 사람들로 뒤덮여 있었다.

짐이 정적을 깨고 물었다.

"이 해안을 떠나겠다고 약속할 수 있소?"

브라운은 손을 들었다가 떨어뜨렸다. 말하자면 주어진 운명이 그것뿐인데 받아들이는 수밖에 없지 않느냐는 표시였다.

제21장

223

짐이 말을 이었다.

"무기도 버리겠소?"

그러자 브라운이 펄쩍 뛰었다.

"무기를 버리다니! 그건 못하겠소! 어디 우리 손에서 빼앗아 보시오. 우리가 가진 건 이 누더기와 총기뿐인데…… 마다가 스카르까지 갈 수 있다면 그걸 팔아서 식량을 구해야 할 판인데…… 그건 못 내놓겠소."

짐은 잠시 침묵에 잠겼다가 고개를 들고 말했다.

"좋소. 당신들이 무사히 빠져나가거나, 아니면 한바탕 싸울 수 있게 해주겠소."

짐은 발길을 돌리더니 그곳을 떠났다.

짐이 돌아오는 것을 보고 모든 사람들이 기뻐했다. 모두들 그가 살해될까봐 걱정하고 있었을 뿐 아니라, 그 뒤의 일도 걱정하고 있었던 것이다. 짐은 도라민의 집으로 들어가서 단둘이 오랫동안 이야기를 나누었다. 아무도 없이 단둘만이 이야기를 나누었지만 방문 앞에 있던 탐 이탐은 주인이 마지막으로 하는 말을 들을 수 있었다.

"그렇습니다. 제가 모든 사람들에게 이것이 제 소망임을 알려주겠습니다. 하지만 당신이 그 누구보다 제 마음을 잘 이해하니까, 도라민 당신께 먼저 이 말씀을 드리는 것입니다. 그리고 제가 백성들의 이익 외에는 생각하지 않고 있음을 당신이 잘 알고 있으니까요."

탐 이탐은 그 이야기를 내게 해주면서 불만을 털어 놓았다. 그는 전투가 있기를 바라고 있었다. 그는 그 전투가 낮은 언덕을 점령하는 데 불과하다고 생각하고 있었다. 하지만 대다수의 주민들은 자신들의 임전태세를 보고 놀란 백인들이 자발적으로 물러나기를 원하고 있었다. 그들은 사태가 신속하게 해결되기만 바라고 있었다.

브라운과 도라민과의 단독 회담을 마친 후 짐은 마을 촌장들을 맞아들였다. 그는 이미 브라운 일당을 무사히 내보내기로 마음먹고 있었다. 탐 이탐의 말로는 논의가 분분했다고 했다. 짐이 그들의 행복이야말로 자신의 행복이라고 촌장들을 설득했다. 그는 자신이 주민들을 사랑한다고, 그들을 단 한 번도 속인 적이 없다고 말했다. 그는 그 백인들의 퇴각을 허용해준다면 백성들이 입을 피해에 대해서는 자신이 모든 책임을 다 지겠다고 말했다. 짐은 그들이 악당인 것은 분명하지만 그들의 운명 또한 불행하지 않느냐고도 했다.

제21장

짐은 결론적으로 이렇게 말했다.

"여러분들은 저를 여러 번 시험해보았습니다. 그리고 제가 언제나 진실하다는 것을 알게 되었지요. 그런 제가 여러분들께 그들을 떠나게 해달라고 요청드립니다."

그는 옆에 있던 도라민을 향해 말했다. 도라민은 꼼짝도 하지 않고 있었다.

"그러면 당신의 아들이자 제 친구인 다인 와리스를 불러들이시지요. 이 일은 제가 지휘하지 않겠습니다."

제22장

　결국 짐은 브라운을 무사히 보내기로 결정했고, 그를 신임하는 모든 사람들이 그의 의견에 동의했다. 도라민은 사람의 마음을 읽는 일은 정말 어렵다고 하면서도 동의는 했다. 내 귓가에는 마치 "로맨틱하군, 로맨틱해"라고 하던 스타인의 말이 울리는 것 같았다.

　짐이 브라운을 불신하지 않았음은 분명했다. 그를 의심할 필요는 없었다. 브라운이 자신의 행동의 도덕성과 결과를 받아들이면서 보여준 솔직함과 꿋꿋하면서도 진지한 태도들에 비추어 의심할 것이 없는 것 같았다. 하지만 짐은 그가 거의 이해가 불가능할 정도로 자기중심적이었다는 것은 모르고 있었다. 그는 그의 의지가 저항을 받거나 좌절될 경우, 마치 폭군이 제지를 받았을 때처럼 분개심과 복수심에 미쳐 날뛰는 인간이었다.

짐은 브라운과 주민들 사이에 그 무슨 오해로 인해 충돌과 유혈 사태가 생길 것을 우려했다. 짐은 말레이족 촌장들이 떠나자마자 주얼에게 고을 사람들을 지휘하러 갈 테니 먹을 것을 좀 달라고 했다. 그녀가 너무 피곤할 테니 좀 쉬라고 하자 그는 "나는 이곳에 사는 모든 사람들의 목숨을 지킬 책임이 있소"라고 말했다.

그는 주얼에게 요새를 더 맡아달라고 하며 농담 삼아 그녀가 이 마을에서 가장 용감한 사나이라고 말하면서 다음과 같이 덧붙였다.

"당신과 다인 워리스가 원하는 대로 했다면 그 가엾은 악당들이 단 한 명도 살아남지 못했을걸."

그러자 그녀가 그가 앉아 있는 의자에 몸을 기대며 물었다.

"그들은 정말 나쁜 사람들인가요?"

"사람들은 다른 사람들보다 별로 나쁜 사람이 아니면서도 나쁜 짓을 할 때가 있는 법이라오." 그는 약간 머뭇거리다가 말했다.

짐은 마을을 돌아본 후 밤 10시경 부하들을 데리고 수로의 입구를 내려다볼 수 있는 곳까지 갔다. 짐은 브라운이 아래쪽을 통과할 때까지 그곳에 머물며 살펴볼 작정이었다. 짐은 탐 이탐을 다인 와리스에게 보냈다. 빠져나가는 백인들을 가만히 내버려두라는 통보를 전하기 위해서였다. 짐은 징표로 늘 집게 손가락에 끼고 다니던 스타인의 반지를 빼내어 탐 이탐에게 주었다. 탐 이탐이 짐의 곁을 떠났을 때 브라운 진영은 아직 어둠에 싸여 있었고, 오직 한 가닥 작은 불빛만이 어른거리고 있을 뿐이었다.

전날 이른 저녁에 브라운은 짐이 보낸 쪽지를 받았다. 그 쪽지에는 "안전하게 보내주겠소. 아침 조수에 보트를 띄울 수 있게 되자마자 출발하시오. 부하들에게 조심하라고 하시오. 수로 양쪽 숲과 하구의 방책에는 무장한 병사들이 많이 있소"라고 적혀 있었다.

브라운은 그 편지를 잘게 찢으면서 편지를 가져온 코넬리우스에게 "잘 있으시오, 내 멋진 친구"라고 말했다. 짐은 영어를 할 줄 아는 코넬리우스를 심부름꾼으로 보낸 것이었다.

편지를 전해준 후에도 코넬리우스는 돌아가지 않고 브라운 곁에 남아 투덜거렸다.

"당신은 그를 죽이지 않았소. 그래서 얻은 게 도대체 뭐요? 라자로부터 돈을 받아낼 수도 있었고, 부기스족 집들을 약탈할 수도 있었는데 아무것도 얻은 게 없지 않소?"

브라운은 그를 쳐다보지도 않고 으르렁거렸다.

"당장 여기서 꺼지는 게 나을걸."

그러나 코넬리우스는 물러서지 않았다. 그는 강 하류에 다인 와리스의 무장한 부대가 있으며, 자신은 그곳을 피해 이곳에서 빠져나갈 수 있는 다른 수로를 안다고 말했다. 브라운은 짐이 약속을 어기리라고는 생각하지 않았지만 알아두면 좋을 것이라고 생각하고 관심을 표했다.

브라운이 자기 말에 관심을 보이자 코넬리우스는 고을에서 있었던 일, 회의에서 오간 일들을 브라운에게 나직한 목소리로 떠벌이기 시작했다. 그의 이야기를 듣고 브라운이 낮은 목소리로 중얼거렸다.

"그놈은 나를 아무런 해도 끼치지 못하는 놈으로 만들어놓았다고 생각하고 있군."

"그래요. 놈은 바보니까요. 어린아이예요. 여기 와서는 내게 강도짓을 했지요. 그리고 모든 사람들이 놈을 믿게 만들었어요. 하지만 무슨 일이라도 생겨서 사람들이 그를 믿지 못하게 된다면 그가 설 땅이 어디 있겠어요? 그리고 저 강 하류에서 당신들을 기다리고 있는 다인 와리스는 당신들이 이곳에 도착했을 때 바로 당신들을 언덕으로 몰아낸 장본인이에요."

브라운은 심드렁한 표정으로, 그런 친구라면 피하는 게 낫겠다고 말했고, 코넬리우스는 즉각 그들 진영을 돌아갈 수 있는 뒤쪽 수로를 잘 알고 있다고 말했다. 그런 후 그는 덧붙였다.

"아주 조용히 지나가야 합니다. 바싹 붙듯이 가까운 곳을 지나가야 하거든요. 그들은 보트를 땅 위에 올려놓고 야영 중이랍니다."

"쥐죽은 듯 얌전히 있을 테니 그건 걱정 마시오."

날이 새기 두 시간 전에, 백인 강도들이 보트를 타고 내려온다는 보고가 감시초소로부터 방책에 전달되었다. 순식간에 파투산 전역은 경계 상태에 들어갔다. 그러나 강 양쪽 둑은 너무 조용해서 간간이 흐릿한 불빛을 피워 올리는 모닥불만 없었다면 마을은 평화 시처럼 잠들어 있는 듯 보였을 것이다.

브라운의 보트가 수로를 나와 강으로 미끄러져 들어갔을 때, 짐은 라자의 방책 앞 약간 높은 곳에 서 있었다. 그곳은 그가 이곳 파투산에 처음으로 발을 디딘 곳이기도 했다. 보트가 짐이 서 있는 곳을 지나갈 때, 안개로 인해 보트는 보이지 않았다. 하지만 짐은 브라운에게 큰 소리로, 안전한 뱃길이라는 것, 바다로 돌아가서 하루쯤 기다리면 식량을 보내주겠다고 말했다. 이윽고 브라운과 그의 부하들을 태운 보트는 유령처럼 사라졌다.

얼마 후 브라운 일당을 태운 보트는 코넬리우스의 안내로 좁은 곁 수로로 들어섰다. 어둠을 안개가 뒤덮고 있었다. 그때였다. 브라운이 부하들에게 실탄을 장전하라고 명령했다.

"야, 이 거지 같은 병신들아! 망할 때 망하더라도 놈들에게 보복할 기회를 주겠다. 이놈들아, 내가 준 기회를 날려버릴 거냐!"

그의 말에 부하들은 으르렁거렸다.

한편 짐의 명을 받은 탐 이탐은 무사히 다인 와리스의 야영지에 도착했다. 사내들이 여러 무리로 나뉘어 웅크리고 앉은 채 담소를 나누고 있었다. 탐 이탐은 곧 다인 와리스에게 인도되었다. 다인 와리스는 높다랗게 지은 대나무 침상에 누워 있었지만 잠을 자고 있지는 않았다. 탐 이탐은 우선 다인 와리스에게 짐의 징표인 반지를 건넸다. 탐 이탐이 그간의 경과와 짐의 말을 전하는 동안 다인 와리스는 반지를 만지작거리다가 자기 오른손 집게손가락에 끼웠다.

탐 이탐의 보고가 끝나자 다인 와리스는 탐 이탐에게 음식을 먹은 후 휴식을 취하라며 그를 내보내주었다. 그리고 오후에 귀환한다는 명령을 부대원들에게 내렸다.

다인 와리스는 눈을 뜬 채 다시 침상에 누웠고, 탐 이탐은 고을 사람들과 불가에서 한가롭게 이야기를 나누고 있었다. 다만 백인들이 타고 있는 배가 언제 나타날지 모르는 강 본류 기슭에서는 여전히 삼엄한 경계가 이루어지고 있었다.

브라운이 보복을 감행한 것은 바로 그때였다. 과연 무엇에 대한 보복이었을까? 스무 해 동안이나 약탈과 협박을 일삼으며 살아온 그에게 공물을 거부한 세상에 대한 보복이었다. 그의 성공을 막은 세상에 대한 보복이었다. 그것은 냉혹하고 잔악한 행동이었다. 그리고 그 행동은 브라운이 임종하는 순간까지, 자신의 불굴의 저항 정신을 증명해주기라도 한 듯, 그에게 위안을 주었다.

그는 부기스족이 야영하고 있는 곳과는 반대되는 섬 뒤쪽에 부하들을 몰래 상륙시켰다. 그들이 상륙할 때 몰래 빠져나가려던 코넬리우스는 잠시 승강이 끝에 그들을 덤불까지 안내할 수밖에 없었다. 이윽고 브라운 일당들은 야영지가 훤히 내려다보이는 곳에 몸을 숨기고 기다렸다. 아무도 그들 쪽을 바라보지 않고 있었다. 그 섬 뒤쪽에 좁은 수로가 있다는 것을 백인들이 알리라고는 꿈에도 생각하지 않고 있었던 것이다.

때가 되었다고 생각하자 브라운이 "맛을 보여줘라!"라고 소

제22장

233

리쳤고, 이어서 일제히 열네 발의 총성이 울렸다.

탐 이탐은 내게 말했다.

"너무나 엄청난 기습이어서 죽거나 부상당한 사람들뿐 아니라, 멀쩡한 사람들도 한동안 꼼짝도 못했습니다. 이어서 한 사람이 비명을 지르자 모두 공포에 사로잡혀 우왕좌왕했지요."

브라운의 부하들은 군중들을 향해 모두 세 차례 사격을 했다. 침상에 누워 있던 다인 와리스는 첫 번째 총성을 듣고 벌떡 일어나 강변을 향해 뛰어나가다가 두 번째 총격에 이마에 총탄을 맞았다. 살육을 저지른 백인들은 기습을 감행할 때처럼 눈에 띄지 않게 보트로 퇴각했다.

브라운이 저지른 끔찍한 짓 속에는 일종의 우월감이 자리 잡고 있었음을 우리는 주목해야 한다. 그는 자신이 정당하다고 생각했다. 그는 살육을 행한다고 생각한 것이 아니라 교훈을 준다고 생각했고 당연한 앙갚음을 한다고 생각했다. 그건 어두운 곳에 숨겨진 끔찍한 인간의 속성이 발휘된 경우이다. 그리고 그 속성은 우리가 생각하는 것처럼 그렇게 깊은 곳에 숨겨져 있지 않다.

그 후 그 백인들은 그들에게서 완전히 사라졌고 아무 소식도 들리지 않는 듯했다. 스쿠너 범선도 깨끗이 사라졌다. 그러나

한 달 뒤에 인도양을 지나던 화물선이 대형 보트 한 척을 구조했다는 이야기가 전해졌다. 그 보트에는 모두 세 명이 타고 있었는데, 브라운을 제외한 두 명은 그들을 구조한 배 안에서 죽었다. 브라운은 자바에서 생산된 사탕을 싣고 남쪽으로 항해하던 중 범선이 좌초당했다고 둘러댔다고 한다.

죽은 자들 사이에서 일어난 탐 이탐은 코넬리우스가 시신과 꺼져가는 모닥불 사이를 뛰어다니는 것을 보았다.

"그래, 그 사람이 어떻게 되었소?" 내가 물었다.

탐 이탐은 나를 빤히 쳐다보더니 오른팔로 그 무언가를 보여주는 동작을 했다.

"제가 그 사람을 두 번 내리쳤지요. 그는 비명을 지르다가 결국 칼날 맛을 보았지요. 그의 눈에서 생명이 사라지는 순간까지 저를 노려보고 있었습니다."

코넬리우스를 처치한 후 탐 이탐은 자신이 해야 할 바를 잊지 않고 서둘러 짐의 요새로 돌아왔다. 비극을 전하기 위해서였다.

제23장

　그가 마을이 있는 강변으로 미친 듯 노를 저으며 들어섰을 때 마을은 축제 분위기였다. 마을 사람들은 다인 와리스가 지휘하는 배들이 돌아오기를 기다리고 있었다.

　보트에서 내린 탐 이탐은 미친 듯 요새로 달려갔다. 그가 맨 처음 만난 것은 집으로부터 내려오고 있던 주얼이었다.

　탐 이탐은 입술을 떨면서 그녀 앞에 서 있다가 이윽고 자초지종을 털어 놓았다.

　"그들이 다인 와리스와 많은 사람들을 죽였습니다."

　그는 놀란 주얼을 놔두고 계단을 뛰어 올라갔다. 그의 주인은 자고 있었다. 그가 문간에서 급히 드릴 말이 있다고 소리치자 짐이 눈을 떴다. 탐 이탐은 차분해지려고 애를 쓰면서 입을 열었다. 탐 이탐을 통해 다인 와리스가 죽었다는 말을 들은 짐은 창가로 걸어가더니 주먹으로 덧창을 쳤다. 그리고 그들을 추격할 수 있도록 빨리 선단을 모으라고 탐 이탐에게 지시했다. 하지만 짐이 신발 끈을 매는 동안에도 탐 이탐은 그 자리에 그대로 서 있었다.

그 모습을 보고 짐이 얼굴이 시뻘게진 채 물었다.

"왜 이렇게 서 있는 거야? 시간이 없어."

"용서하십시오, 투안…… 하지만…… 하지만……."

짐은 험상궂은 표정을 지으며 고함을 질렀다.

"뭐라고!"

탐 이탐은 잠시 머뭇거리더니 말했다.

"나리의 하인이 사람들 사이로 가면 무사하지 못합니다."

순간 짐은 이해할 수 있었다. 그는 한순간 충동적으로 배에서 뛰어내렸기에 하나의 세상으로부터 물러나게 되었다. 그런데 지금 다른 세상에서, 그의 손으로 이룩한 업적들이 허물어져 그의 위로 쏟아져 내리고 있었다. 자기 하인이 자기의 백성들 사이에서 무사하지 못하다니! 나는 바로 그 순간, 이 재난에 맞서는 유일한 방법이 그에게 떠올랐고, 그대로 맞서겠다는 결심을 했으리라고 믿는다.

제23장

237

짐은 아무 말 없이 긴 탁자 앞에 앉았다. 그는 바로 그 탁자 앞에서 그가 다스리는 세상일들을 결정해왔으며, 매일 그의 마음속에 살고 있는 진실들을 밖을 향해 선언해왔다. 어둠의 힘이 그에게서 두 번이나 평화를 앗아가게 할 수는 없었다. 그는 마치 석상처럼 그곳에 앉아 있었다.

탐 이탐은 석상 같은 주인의 모습을 바라보며 방어책을 준비하자고 넌지시 말했다. 짐의 사랑하는 여인이 들어와서 뭐라고 말했지만 그는 가만히 있어달라는 손짓을 했고, 그녀는 그의 호소에 압도되어 입을 열지 못하고 있었다.

그의 머릿속에 무슨 생각들이, 무슨 기억들이 스치고 지나갔을까? 누가 그것을 말할 수 있으랴? 모든 것이 사라졌다. 언젠가 한 번 자신의 믿음을 스스로 저버렸던 그가 다시 한 번 모든 사람들의 믿음을 잃었다. 바로 그때 그가 그 누구에겐가 편지를 쓰려고 했다가 그만두었다고 나는 믿는다. 그에게 외로움이 밀려왔다. 사람들은 그를 믿고 목숨을 맡겼었다. 하지만 그가 말했듯이 그들에게 자신을 이해시킬 수는 없었다. 그는 그렇게 하루 종일 홀로 생각에 잠겨 있었다.

저녁 무렵이 되자 그는 문간으로 와서 탐 이탐을 불러서 밖의 동정을 물었다.

"사람들이 통곡하고 있고, 분노하고 있습니다."

짐은 그를 바라보며 중얼거렸다.

"너도 알겠지⋯⋯."

"네, 알고 있습니다, 투안!" 탐 이탐이 대답했다.

"주인님 하인은 알고 있습니다. 문을 닫았습니다. 싸워야 하니까요."

"싸우다니? 무엇 때문에?"

"우리들 목숨을 위해서지요."

"내게는 목숨이 없어."

그때 문간에 서 있던 주얼의 비명 소리를 탐 이탐은 분명히 들었다.

"우리는 도망갈 수 있습니다. 사람들이 두려워하고 있으니, 우리가 대담하게 마음만 먹는다면 도망갈 수 있습니다."

그는 막연히 보트를 구해 바다로 갈 생각을 하면서 짐과 주얼을 놔두고 밖으로 나갔다.

주얼은 자신의 행복을 위해 짐과 한 시간 이상 실랑이하며 벌어진 일을 내게 말해주었지만 나는 그것을 여기에 다 옮겨 적을 수 없다. 그럴 용기가 없기 때문이다. 그녀는 그의 귀에 대고 "싸워요!"라고 외쳤다. 싸워야 할 이유가 없다는 것이 그녀로서는 도저히 이해할 수가 없었다.

　그는 뜰로 나섰고 그녀가 비틀거리며 그의 뒤를 따랐다. 그는 뜰 안에 있던 사람들에게 각자 집으로 돌아가라고 명하고 밖으로 나섰다.

　밀림 위로 해가 지고 있을 때 다인 와리스의 시신이 도라민 마을 입구로 운구되어 왔다. 사람들은 도라민의 발 앞에 시신을 내려놓았고 노인은 두 무릎에 손을 올려놓은 채 가만히 내려다보고만 있었다. 도라민의 궁정 뜰에는 마을 사내들이 빠짐없이 나와 있었다.

　도라민의 지시로 시신을 덮고 있던 시트를 벗기자 마치 잠든 것 같은 모습으로 누워 있는 다인 와리스의 모습이 나타났다. 그의 이마에 작은 상처가 나 있었다. 곁에 서 있던 사람이 허리를 굽혀 그의 손가락에서 은반지를 뺀 후 도라민에게 말없이 받쳐 들었다.

　도라민 노인은 반지를 보더니 갑자기 통렬한 비명을 질렀다. 가슴속 깊은 곳에서 울려 나오는 고통과 분노의 울부짖음은 부상당한 황소의 울음처럼 우렁찼으며, 그 속에 담긴 엄청난 분노와 슬픔으로 듣는 이의 가슴을 공포에 사로잡히게 만들었다.

곧이어 여인들의 울음소리가 들렸고, 노인들이 코란을 외는 소리가 들렸다. 해가 지고 있었다.

바로 그 무렵 짐은 포가(砲架)에 몸을 기댄 채, 집을 등지고 강물을 바라보고 있었다. 주얼이 그를 보며 울부짖듯 말했다.

"싸울 거예요?"

"싸울 이유가 없소." 그가 조용히 말했다. "아무것도 잃을 게 없소."

그 말을 하면서 그는 그녀 쪽으로 한 걸음 다가섰다.

"도망갈 거예요?" 그녀가 다시 울부짖었다.

"도망이란 없소." 그는 걸음을 멈추었고 그녀는 삼킬 듯한 눈으로 그를 말없이 바라보았다.

이윽고 그녀가 천천히 말했다.

"그렇다면 떠나시나요?"

그는 고개를 숙였다. 그러자 그녀가 그를 빤히 쳐다보며 선언하듯 말했다.

"당신은 미쳤거나 거짓이에요. 제가 저를 떠나시라고 하던 날을 기억하시나요? 당신이 그러지 않겠다고 하던 날을? 그럴 수 없다고 하셨지요! 그럴 수 없다고! 절대로 저를 떠나지 않겠다고 하셨던 걸 기억하시나요? 왜 그러셨지요? 당신께 아무런 약속도 요구하지 않았는데……. 당신은 요구하지도 않은 약속을 하셨어요…….”

짐은 다만 자기는 그럴 만한 자격이 있는 사람이 아니라고 중얼거렸을 뿐이고 주얼은 짐의 가슴에 몸을 던지며 목을 끌어안고 울부짖었다.

“아아, 하지만 저는 이렇게 당신을 붙잡겠어요……. 당신은 제 사람이니까요!”

잠시 후 그는 그녀를 떼어 놓고 선착장을 향해 달려갔다. 짐이 카누에 올라 노를 잡았을 때 탐 이탐은 간신히 뛰어가서 함께 카누에 오를 수 있었다. 그때까지 주얼은 무릎을 꿇은 자세로 두 손을 모아 쥐고 있었다.

그녀가 갑자기 벌떡 일어나더니 짐을 향해 외쳤다.

“당신은 거짓이에요!”

그가 큰 소리로 “날 용서하시오”라고 외쳤다.

그러자 그녀가 되받아 소리쳤다.

“절대로! 절대로! 절대로 용서 못 해요!”

그들이 도라민의 집에 도착했을 때 사람들은 무장을 하고 있었다. 무엇 때문에 무장을 하고 있었을까? 전쟁 준비였을까? 보복을 하기 위해서였을까? 그 백인들이 다시 돌아올까봐 겁이 나서였을까? 그들은 짐과 백인의 관계를 영영 이해할 수 없었다. 그 순박한 사람들에게 짐은 언제까지나 구름에 가려져 있는 인물이었다.

도라민은 처참한 얼굴로 무릎에 두 자루의 권총을 올려놓고 군중들 앞에 앉아 있었다. 짐이 나타나자 사람들은 길을 터주었고 짐은 자기를 외면하는 사람들 사이를 걸어 도라민 앞으로 갔다. 도라민은 머리를 들지 않았고, 짐은 한동안 그 앞에 말없이 서 있었다. 다인 와리스의 시신 앞에는 그의 어머니가 웅크린 채 앉아 있었다. 짐은 천천히 시신 앞으로 다가가 시트를 들어 고인의 얼굴을 바라본 후 다시 시트를 덮었다. 그리고 다시 천천히 도라민 앞으로 와서 조용히 말했다.

"제가 슬픔에 잠겨서 왔습니다."

그는 다시 기다렸다. 그가 다시 말했다.

"저는 준비가 되어 있습니다. 무기도 갖지 않고 왔습니다."

몸을 가누기 힘든 노인이 무릎 위의 권총을 잡고 일어나려고 애를 썼다. 두 명의 시종이 그가 일어나는 것을 도왔다. 그의 무릎에 놓여 있던 반지가 굴러 떨어지더니 짐 앞으로 굴러갔고 짐은 그것을 흘낏 내려다보았다. 그가 이곳에서 명성을 얻고 사랑을 하고 성공을 거둘 수 있게 해준 부적이었다.

도라민은 시종의 부축을 받으며 몸을 가누려 애를 쓰고 있었다. 미칠 듯한 분노와 고통에 사로잡힌 그의 작은 눈이 짐을 바라보며 반짝이는 것을 사람들은 볼 수 있었다. 짐이 똑바로 서서 횃불을 받은 채 도라민을 정면으로 바라보는 동안, 도라민은 왼팔로 허리를 굽히고 있던 젊은 시종의 목에 매달리면서 오른손을 신중하게 쳐들더니 자기 아들 친구의 가슴을 향해 총을 쏘았다.

그때 그곳에 있던 군중들이 전하는 바에 의하면 그 백인은 자부심과 단호함이 가득 찬 눈길을 좌우에 모여 있던 사람들을 향해 보냈다고 한다. 그런 후 그는 손을 입술에 댄 채, 앞으로 쓰러져 숨을 거두었다.

그리고 그것으로 끝이었다. 그는 그렇게 구름에 가려진 채, 가슴에 불가사의한 것을 묻고서 잊혀졌고, 용서받지 못했으며, 지나치게 로맨틱한 채 떠나갔다. 그가 소년다운 꿈에 젖었던 그 거친 시절에도 그는 이런 유혹적인 비범한 성공의 모습을 그려보지는 못했으리라! 그가 자부심과 단호함에 가득 찬 눈길을 사람들에게 던지던 마지막 그 순간에야 비로소 그는 마치 동방의 신비스러운 신부(新婦)처럼 베일을 쓰고 곁으로 다가온 그 기회의 얼굴을 바라볼 수 있었으니까.

이제 그는 만족해할 것인지, 나는 궁금하다. 우리는 알아야 한다. 그는 우리들 중 하나다. 그리고 나도 그의 영원한 지조를 지켜주기 위해 마치 유령처럼 일어선 적이 있지 않은가? 결국 나는 잘못을 범한 걸까?

이제 그는 이 세상에 없다. 하지만 그가 실제로 존재한다는 느낌이 거대하고 압도적인 힘으로 내게 다가오는 날들이 있다. 그리고 정말이지, 그가 마치 길을 잃고 헤매던 영혼처럼 내 눈 앞에서 사라지는 날도 있다. 그가 속했던 세상, 이 그림자 같은 세상의 요구에 굴복할 준비가 된 채, 이 지상의 열정 속에서 길을 잃고 헤매던 그런 영혼처럼……

누가 알랴? 그는 가슴에 불가사의한 것을 묻고 가버렸고, 가 엾은 그의 여인은 스타인의 집에서 조용히 무기력한 삶을 살고 있다. 스타인도 이제 무척 늙었다. 그도 그것을 느끼고 있으며 그는 자주, 그의 나비들을 향해 그의 손을 슬프게 흔들면서 말 하곤 한다.

"이 모든 것을 떠날 준비가 되어 있어……. 떠날 준비가……."

제23장

245

『로드 짐』을 찾아서

여러분은 『로드 짐』을 다 읽은 지금 어떤 기분에 젖어 있는가? 이 소설의 주인공 '로드 짐'을 향해 어떤 느낌이 드는가? 그의 비극적인 결말을 두고 그가 영웅적인 선택을 했다고 느끼는가, 아니면 그가 바보 같다고 느끼는가? 그를 향해 연민과 공감을 느끼는가, 아니면 그저 안타까운 남의 일처럼 여겨지는가? 그가 우리 주변에 있음직한 현실적인 인물로 여겨지는가, 아니면 실제로는 만날 수 없는 비현실적이고 환상적인 인물처럼 여겨지는가? 그의 선택과 행동들이 나름대로 그럴 수도 있는 선택과 행동으로 보이는가, 아니면 도저히 이해하기 힘든 선택과 행동으로 보이는가?

질문이 아주 복잡하다. 그리고 그 질문에 대해 분명 여러분

나름대로 느낌과 판단이 다를 것이다. 위의 여러 느낌들 중 딱 한 가지 느낌만을 분명하게 가진 사람도 있을 것이고 여러 가지 느낌을 동시에 한꺼번에 가진 사람도 있을 것이다. 왜 그런가? 이 소설 자체가 분명하게 답을 보여주고 있지 않기 때문이다. 이 작품은 우리를 답으로 이끄는 게 아니라 질문으로 이끌기 때문이다. 그리고 그 질문 자체가 단순하지 않고 복잡하기 때문이다. 질문이 복잡하니까 대답이나 반응도 복잡할 수밖에 없다. 그리고 이 뛰어난 작품이 주는 매력은 바로 거기에 있다.

하나만 더 물어보자. '로드 짐'이라는 인물이 그런 여러 가지 느낌을 주는데도 불구하고 분명 그가 어디서 본 것 같은 인물이라는 생각이 들지 않는가? 어쩐지 호메로스의『일리아스』와『오디세이아』에서 본 영웅들 같기도 하고, 세르반테스의『돈키호테』의 주인공 '돈키호테' 같기도 하다. 왜 그럴까? 소설에서 스타인의 입을 통해 그 실마리가 제공되어 있다.

이 소설에서 스타인이라는 인물은 짐에 대해 영원한 수수께끼로 남을 인물이면서 동시에 '로맨틱'하다고 말한다. 그렇다. 호메로스 작품의 영웅들과 돈키호테와 로드 짐은 '로맨틱'하다는 공통점을 지니고 있다.

'로맨틱'하다는 것은 무슨 뜻인가? 아주 광범위한 뜻을 지니고 있지만 한 마디로 말한다면 '비현실적'이라는 뜻이다. 비현실적이라고 해서 무조건 부정적인 뜻만 갖는 것은 아니다. '로맨틱'한 사람들은 영웅이 되기도 한다. 바로 호메로스의 작품에 나오는 영웅들이다. 그들은 그들을 둘러싸고 있는 보통 사람들과는 다르다. 그들은 신의 핏줄을 이어받은 존재들이다. 그들은 보통 사람들보다 상상력이 뛰어나고, 보통 사람들보다 훨씬 드높은 이상을 품고 있다. 비상식적이고 비현실적이다. 하지만 그 덕분에 그들은 남들 위에 우뚝 선 영웅이 될 수 있었다. 그들이 영웅이 될 수 있었던 것은 그들이 드높은 이상과 풍부한 상상력을 지닌 로맨틱한 존재들이었기 때문이다. 그들이 로맨틱하다는 것은 그들이 선택받은 사람들이라는 것과 같은 뜻을 갖고 있다.

하지만 너무 로맨틱해서 비극적인 인물이 되는 경우도 있다. 바로 『돈키호테』의 주인공 '돈키호테'의 경우다. 그는 너무 로맨틱했기에 남들로부터 미친 사람 취급을 당한다. 돈키호테는 그가 지닌 이상과 꿈이 냉혹한 현실에 의해 좌절된 사람이다. 그가 지닌 드높고 고상한 꿈은 현실에 의해 누더기가 되어 뒹굴고 짓밟힌다. 그리고 그는 광인 취급을 받는다. 그러나 바로 그 때문에 돈키호테는 우리에게 감동을 준다. 그는 우리의 짓밟힌 꿈을 보여주기 때문이다. 우리의 꿈을 짓밟을 수밖에 없는 것이 바로 현실임을 우리에게 아프게 보여주기 때문이다. 그렇게 짓밟힌 꿈은 언제나 우리들 안에 들어 있는 바로 우리들 자신의 꿈이기에 '돈키호테'라는 인물은 우리들에게 감동과 아픔을 동시에 준다.

『로드 짐』의 주인공 '로드 짐'은 300년 만에 다시 나타난 '돈키호테'다. 그는 고대 호메로스 시대라면 아킬레우스, 헥토르가 될 수 있었지만 20세기가 열린 첫해, 즉 1900년에 세상에 나왔기에 영웅이 되지 못한다. 그런 영웅을 잊고 사는, 그런 영웅의 존재를 인정하지 않는 세상에 그가 나왔기에 그는 비극적 인물이 된다. 그가 다시 영웅이 되려면, 그가 몸담고 있던 세상에서 나와 마치 시간 여행을 하듯 다른 세계로 가야만 한다. 그리고 동양 미지의 땅에서 그는 영웅으로 다시 탄생한다. 하지만 그것도 잠시뿐이다. 그곳은 철저히 닫힌 '다른 세계'가 아니었기 때문이다. 그곳으로도 그의 꿈을 좌절시킨 '그가 속했던 세계'의 물결이 들어왔기 때문이다. 그는 결국 비극적으로 최후를 맞이한다. 결국 꿈이 좌절될 수밖에 없는 비극적 인물이라는 점에서 그는 돈키호테와 비슷하다.

하지만 '로드 짐'은 '돈키호테'와 다르다. 돈키호테는 현실을 온통 꿈으로 물들인다. 현실적인 입장에서 그를 바라본다면 그는 현실을 온통 꿈으로 착각한 '미친 놈'이다. 하지만 '로드 짐'은 자신이 현실 속에 살아가야만 한다는 것을 아는 돈키호테다. 로드 짐은 현실을 온통 꿈으로 뒤덮지 않는다. 그의 꿈에는 현실이 생생하게 들어와 있다. 바로 그 점이 다르다. 돈키호테가 현실을 망각한 인물이라면 로드 짐은 꿈을 잃지 않은 채 현실을 살아가는 인물이다. 그래서 돈키호테는 비극적인 인물이면서 동시에 행복한 인물이기도 하다. 꿈으로만 세상을 살 수 있다니 그 얼마나 행복할 것인가? 그런데 로드 짐은 그러지 못한다. 그래서 더 철저하게 비극적이다.

그런데 바로 그 점에서 『로드 짐』은 『돈키호테』와 다른 감동을 우리에게 준다. 그는 로맨틱한 존재이면서 동시에 바로 우리들 자신이기 때문이다.

그가 침몰을 앞둔 배에서 뛰어내리는 대목을 읽었을 때, 우리는 그를 속으로 비난했을까? 사람이라면 누구나 그랬을 것이라고 그를 용납하지 않았을까? 그때 그는 우리와 별다르지 않은 친숙한 인물이 된다.

하지만 그가 비겁하게 탈출을 꿈꾸던 승무원들과 대립했을 때, 그들이 모두 도망가버렸지만 홀로 남아 심판을 받았을 때,

그 영웅적인 행동을 두고 우리는 그에게 박수를 보내지 않았을까? 적어도 '이런 도망도 못 가는 바보!'라고 비웃거나 욕하지는 않았을 것이다. 과연 우리 속의 누가 박수를 쳤을까? 바로 명예와 진실을 소중히 여기는 다소간 '비현실적인 나', '꿈꾸는 나', 내 속의 '또 다른 로맨틱한 나'가 박수를 친 것이다. 『로드 짐』을 읽으면서 우리가 꺼져버렸다고 생각했던 우리 안의 불꽃이 다시 살아나 박수를 친 것이다.

> 그는 우리가 주변에서 늘 보고 싶어 하는 그런 젊은이였어. 우리가 그랬으면 좋았겠다고 생각하는 그런 젊은이 말이야. 그 모습을 보면, 우리가 사라졌다고, 꺼져버렸다고, 식어버렸다고 생각했던 그런 환상과 다시 가까이 하게끔 만드는 그런 젊은이! 그리고 마치 다른 불꽃이 가까이 와서 다시 불을 붙이듯이, 저 깊은 곳 어딘가에서 빛…… 그리고 열기를…… 다시 퍼덕이게 만드는 그런 젊은이! 그래, 나는 그때 그에게서 그것을 흘낏 본 거야.
> (83~84쪽)

그렇다면 스스로에게 묻자. 우리는 혹시 '로드 짐' 같은 인물을 바보로 여기며 살고 있지는 않은가? 세상 물정 모른다고 비웃으며 살고 있지는 않은가? 내 속에서 불끈불끈 고개를 드는 정열, 다시 불타오르려는 정열을 억지로 꺼버리며 살고 있지는 않은가? 그런 정열을 느끼는 자신을 바보라고 욕하며 살고 있지는 않은가?

다시 묻자. 이 작품에서 누가 '로드 짐'을 대놓고 바보라고 비웃고 욕하는가? 바로 비겁하게 도망가버린 파트나호의 선장과 기관사들, 비열한 코넬리우스, 악당 브라운이다. 그들은 철저하게 자기 식으로 '로드 짐'의 행동을 해석한 자들이다. 그들의 해석은 너무 명료하다. 그들이 보기에 짐은 바보일 뿐이다. 그러나 그들만큼 짐을 이해하지 못하는 자들도 없다. 그들에게는 꿈의 세계가 없고, 그것에 대한 생각조차 없기 때문이다.

여러분이 만일 '로드 짐' 같은 인물을 비웃는다면, 여러분은 그들과 같은 삶을 살아가는 셈이다. 정말 끔찍하지 않은가? 그 단순함이…… 그 명료함이…… 그 어리석음이…… 그 잔인함이…….

물론 우리는 '로드 짐'이 될 수 없다. 그는 비현실적인 인물이다. 작품에서 말로가 말하고 있듯이 '그는 상상력을 먹고 사는 인물'이었고, '그의 모든 내면적 존재가 무모한 영웅적 열망'

(57쪽)에 들떠 있는 인물이며 그런 순간 그가 띠게 되는 미소를 우리들은 절대로 지을 수 없다. 말로는 말한다.

> 아무런 환상도 갖지 않고, 안전하게 이득을 취하며 바보처럼 사는 것도 존경받을 만한 일이야. 하지만 자네들에게도 한때는 삶이 충만했을 때가 있었을 거야. 사소한 일에서 받은 충격이 매혹적인 빛을 발하던 그런 경험 말이야. 차가운 돌들을 부딪쳐 내는 섬광처럼 경이로운 빛, 아아, 그러나 너무나 짧기만 한 그 빛과도 같은 것!(130쪽)

여러분이 젊다면 그런 경험을 해봐야 하지 않겠는가! 그래야, 『로드 짐』을 덮고 나서, 우리가 비록 로드 짐이 없는 세상에 살고 있음을 깨닫고 그와 나누었던 꿈에서 깨어나더라도, '그가 실제로 존재한다는 느낌이 거대하고 압도적인 힘으로 다가오는 날들'이 있을 수 있지 않겠는가? 그래서 '로맨틱'한 로드 짐이 내 안에 함께 살 수 있음을 느낄 수 있지 않겠는가? 그래야 우리의 삶이 풍요로워지지 않겠는가?

조셉 콘래드(Joseph Conrad, 1857~1924)는 폴란드의 베르디추프

(현재는 우크라이나의 베르디치우)에서 독립투사이자 문필가(시인·극작
가·번역가)인 아버지 아폴로 코르체니오프스키와 어머니 에바
보르로프스카 사이에서 외아들로 태어났다. 콘래드는 문학적
소양을 지닌 부모 덕분에 어렸을 때부터 문학작품을 많이 접했
으며 특히 프랑스 문학에 흥미를 느꼈다.

당시 폴란드는 러시아의 지배하에 있었으며 그의 부모는 다
른 이들과 함께 반정부 운동을 하다가 체포되어 1862년부터
유배 생활을 하게 된다. 1865년 폐결핵으로 어머니가 사망했고
1868년 아버지도 세상을 떴다. 이후 콘래드는 외삼촌의 보호
아래 자랐지만 건강 때문에 정식 교육을 받지 못하고 대신 독
서에 열중했다. 그때 그가 가장 흥미 있게 탐독했던 책들이 항
해와 탐험에 관한 책들이었다.

그가 열여섯 살이 되던 해에 그는 선원이 되겠다고 결심하
고 프랑스 마르세유로 갔으며 그곳에서 4년간을 수습 선원으
로 보냈다. 그사이 그는 도박 빚을 지고 권총 자살을 시도하기
도 했다.

프랑스에서 선박 취업을 할 수 없게 된 그는 영국으로 건너
가 잇따라 이등 항해사 자격과 일등 항해사 자격을 취득하고
세계 각지를 항해했다. 그는 1886년 영국으로 귀화했으며 그해

11월에 선장 자격시험에 합격했다.

그 후 아프리카와 동남아시아, 호주 등을 항해하는 등 선장 생활을 하던 그는 서른일곱이 되던 1894년 해상 생활을 마감하고 작가로서의 제2의 인생을 시작한다. 작가의 삶을 시작하면서 그는 조셉 콘래드라는 영어식 이름으로 개명하고 1895년 4월 그의 첫 번째 소설 『올마이어의 어리석음(Almayer's folly)』을 출간한다. 이듬해 3월 그는 출판사에서 알게 된 제시 조지(Jessie George)와 결혼했다. 그는 모두 20여 권의 소설을 남겼는데 1899년 발표한 『어둠의 속(Heart of Darkness)』, 1900년에 발표한 『로드 짐』, 1904년에 발표한 『노스트로모(Nostromo)』가 대표작으로 알려져 있으며 그 소설들 덕분에 그는 주제와 기법에 있어 소설의 혁신을 가져온 작가, 20세기 현대 소설의 문을 연 작가로 평가받는다. 그의 작품들은 대개 자신의 해양 생활 경험을 바탕으로 한 것들이다. 그의 대표 걸작으로 꼽히는 『로드 짐』은 동남아시아 항해를 경험으로 한 것이며, 『노스트로모』는 1876년의 서인도 제도 항해를 바탕으로 했다. 철학자이자 노벨 문학상 수상자인 버트란드 러셀은 아들의 이름을 콘래드라고 지으며 "내가 늘 가치를 발견하는 이름"이기 때문이라고 말한 바 있다.

로드 짐

생각하는 힘: 진형준 교수의 세계문학컬렉션 72

펴낸날	초판 1쇄 2022년 1월 25일

지은이	조셉 콘래드
옮긴이	진형준
펴낸이	심만수
펴낸곳	(주)살림출판사
출판등록	1989년 11월 1일 제9-210호

주소	경기도 파주시 광인사길 30
전화	031-955-1350 팩스 031-624-1356
홈페이지	http://www.sallimbooks.com
이메일	book@sallimbooks.com

ISBN	978-89-522-4318-8 04800
	978-89-522-3984-6 04800 (세트)